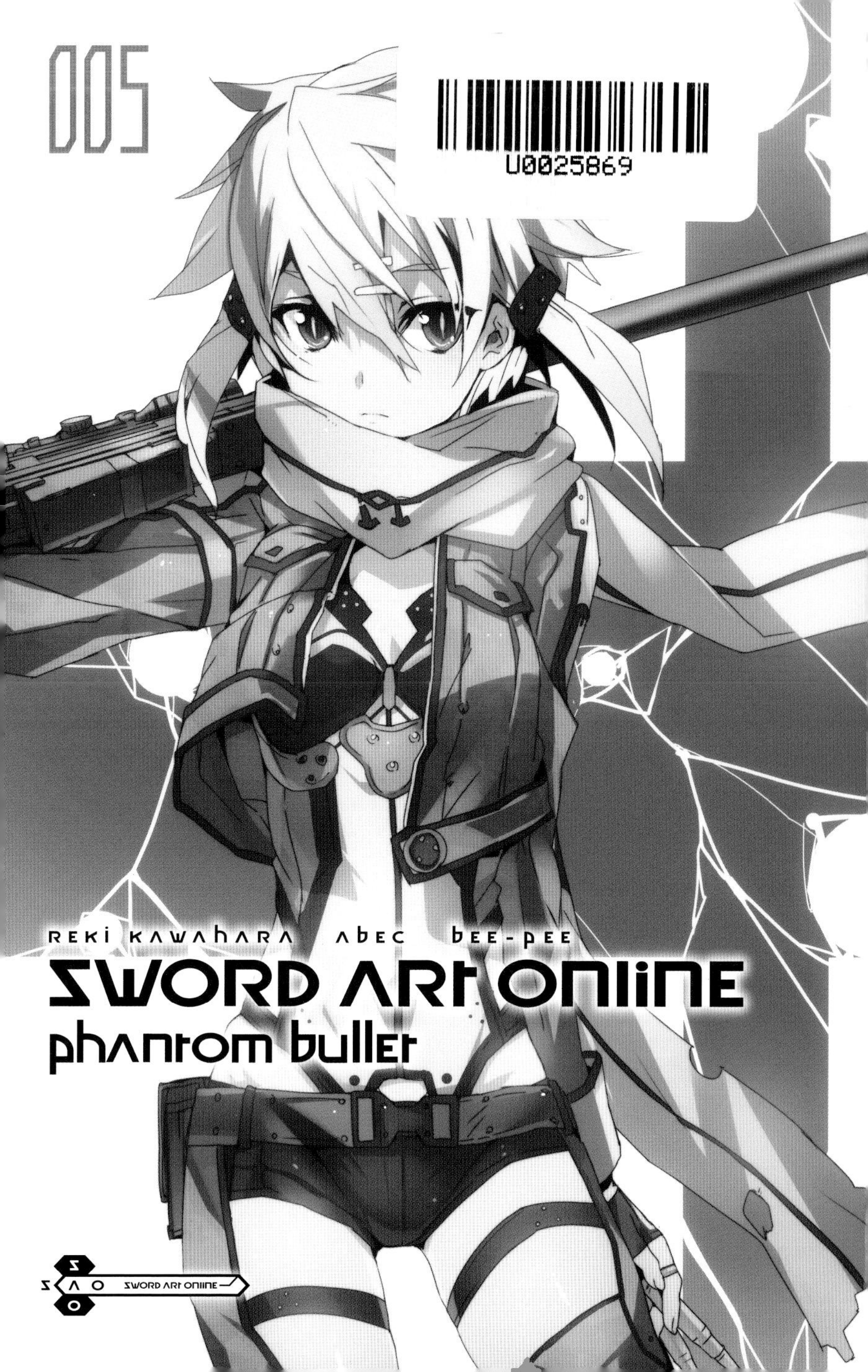
005
U0025869
REKI KAWAHARA abec bee-pee
SWORD ART ONLINE
phantom bullet
S A O
SWORD ART ONLINE

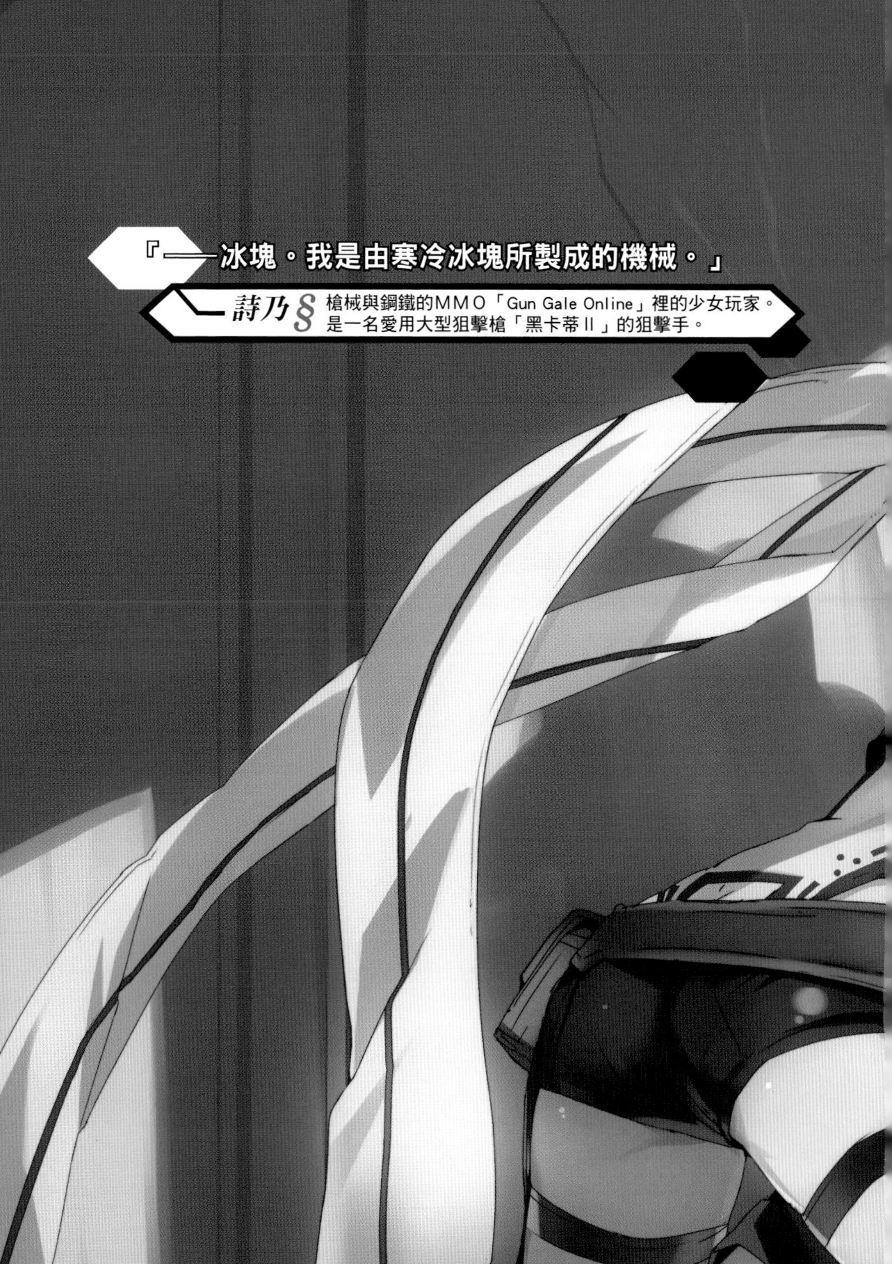
『——冰塊。我是由寒冷冰塊所製成的機械。』
詩乃§
槍械與鋼鐵的MMO「Gun Gale Online」裡的少女玩家。
是一名愛用大型狙擊槍「黑卡蒂Ⅱ」的狙擊手。

「我似乎可以了解
你帶我來這裡的理由了。」
結城明日奈 §
除了是和人的戀人之外，也是從「SAO」
時代就與桐人組隊的知名少女玩家。

「咦……是、是嗎？」
桐谷和人§成功攻略惡夢MMO「SAO」的黑衣劍士。別名是「桐人」。

「我聽說妳前幾天
超級活躍的事蹟了。」
新川恭二 § 詩乃以前的同班同學。
兩人在圖書館相識之後，
推薦詩乃進入他自己也
樂在其中的「GGO」。
「……沒有啦。
我們六人中隊裡有四個人被幹掉了。
以伏擊的結果來說，
很難算是成功。」
朝田詩乃 § 一個人在東京都內生活的
高一少女。登入「GGO」裡想藉著
進行遊戲來克服內心的陰影。

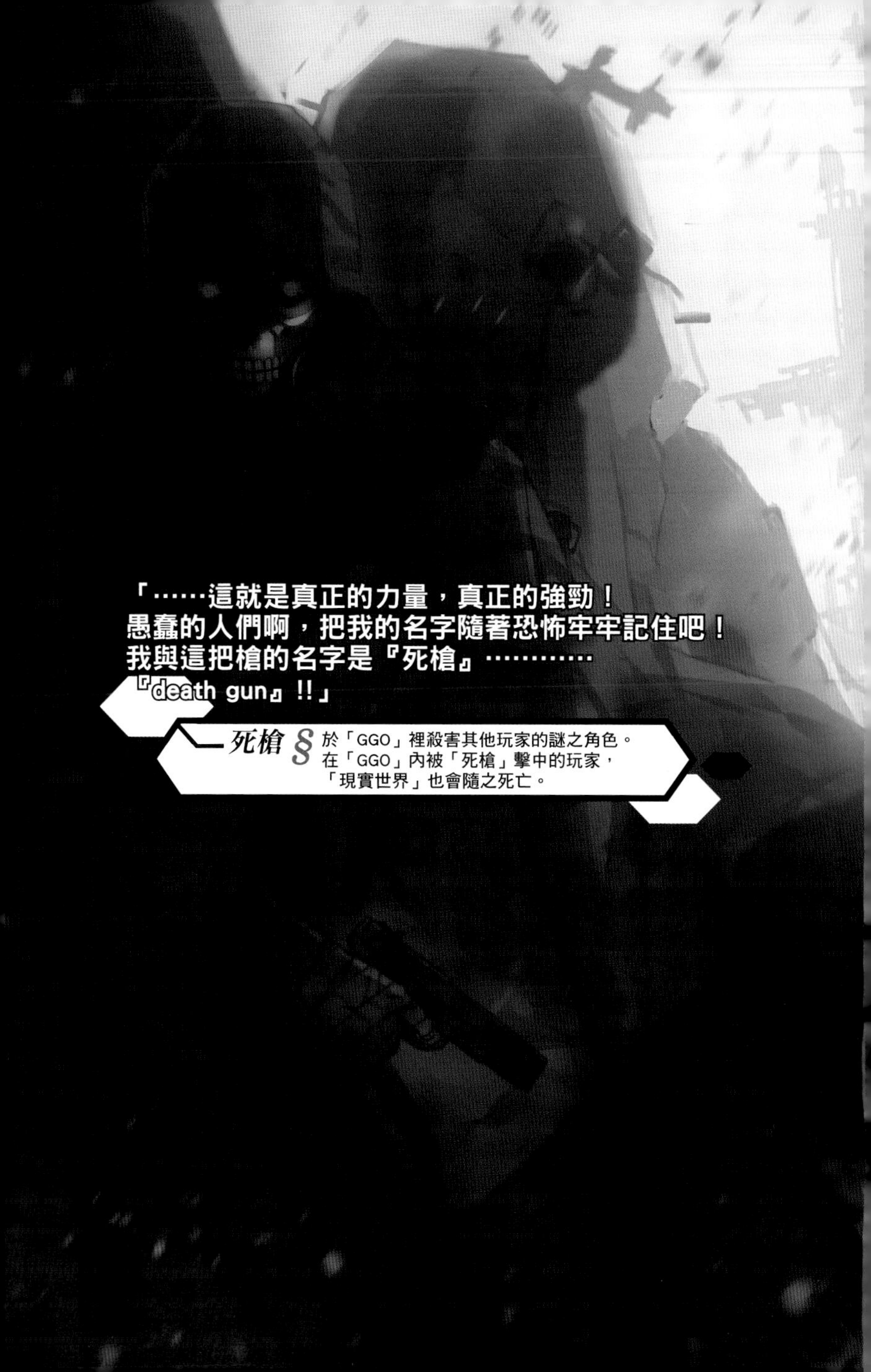

「……這就是真正的力量，真正的強勁！
愚蠢的人們啊，把我的名字隨著恐怖牢牢記住吧！
我與這把槍的名字是『死槍』…………
『death gun』!!」

——死槍 §
於「GGO」裡殺害其他玩家的謎之角色。
在「GGO」內被「死槍」擊中的玩家，
「現實世界」也會隨之死亡。

Gun Gale Online

簡稱GGO。玩家們在這座槍械與鋼鐵支配一切的世界裡，爭奪著最強槍手的寶座。由於遊戲系統允許PK，所以玩家們除了必須與怪物作戰之外也得跟其他玩家進行廝殺並且獲得勝利。「GGO」裡登場的武器可以分為實彈槍與光學槍兩大類。對付玩家要使用實彈槍，對付怪物則使用光學槍，這個理論最近已經成為遊戲裡的主流。這兩種類型的槍械除了性能面之外，在其他方面也有很大的不同。例如光學槍都是使用虛構的名稱與造型，而實彈槍則是將現實世界裡真正存在的槍械直接在遊戲裡登場。因此「GGO」玩家大多數都是狂熱的槍械愛好者。

此外「GGO」還是日本唯一有「職業玩家」的VRMMO。由於遊戲採用能將「遊戲貨幣轉換為現實貨幣」的系統，所以高等級玩家每個月都可以賺取高額的電子貨幣。只要持續在「GGO」獲得高分，就能夠藉此來維持每天的生活。因此與其他MMO比較起來，「GGO」的玩家們更願意花費大量的時間與精神在這款遊戲上。

PGM・Ultima Ratio Hecate Ⅱ

全長1380mm，重量13.8g。使用50口徑（直徑12.7×99mm）的巨大子彈。
現實世界裡被歸類為反物質狙擊槍（Anti Material・Sniper rifle），目的是貫穿車輛與建築物（由於威力過於強大，禁止對人狙擊）。而「黑卡蒂」之名則是來自希臘神話中掌管冥界的女神。

在「GGO」內「黑卡蒂Ⅱ」是每個伺服器內大概只有十把左右的「反物質狙擊槍」其中之一，此外在商店無法購買的「挖掘武器」裡也是屬於最為稀有的一群。其買賣價格也相當高昂，時價是兩千萬點（日幣二十萬）。

「這雖然是遊戲，但可不是鬧著玩的。」

──「SAO刀劍神域」設計者·茅場晶彥──

SWORD ART ONLINE

phantom bullet

REKI KAWAHARA

abec

bee-pee

005

『ＡＧＩ（註：敏捷度）萬能論根本只能說是幻想而已！』

尖銳的男性聲音響撤整個寬廣的酒店。

『ＡＧＩ確實是相當重要的能力值。到目前為止，只要速射與迴避這兩個能力夠突出就能夠稱為強者了。』

微暗店內的中央飄浮著四面全息圖面板，而映照在面板上的玩家正以充滿自信的聲音這麼說道。

這是網路電視節目「ＭＭＯ動向」的人氣單元「本週的優勝者」。雖然由現實世界裡的電視或者是透過網路也能收看這個節目，但無數ＶＲＭＭＯ世界內的旅館與酒店也經常播放本節目，而玩家們也特別喜歡在「內部」收看。

尤其當特別來賓是來自於「那個世界」時就更吸引人注意了。

『但那已經是過去的事情了。花了八個月拚命提升ＡＧＩ的廢人玩家們，我必須對你們說——請節哀順變。』

他那種充滿調侃的語調讓店內各處都響起了大量噓聲，甚至有些酒瓶與杯子被丟在地面上而散發出多邊形碎片。

但是「他」沒有加入這場騷動，只是縮著身體靜靜坐在沙發上。

由深深拉下來的吉利服頭套與蓋住下半邊臉部的厚布之間，射出一道冷冷的視線環顧著店裡。

畫面中趾高氣昂的男人固然可憎，但這些呆呆看著電視的玩家同樣也令人不愉快。每個人雖然都不斷發出噓聲，但一方面也像是參加祭典般不斷起鬨著。

「他」實在沒辦法理解，這些人為什麼能夠那麼天真呢。電視裡的那個男人只是偶然拿下世界最強的寶座而已，接著馬上就轉變成遊戲裡最大的榨取者，開始掠奪全體玩家的部分連線費用，還自認為是職業玩家。

其他玩家心裡應該也跟「他」一樣嫉妒並憎恨那個男人才對。如果說這是醜惡不堪的情緒，那麼這些人用皮笑肉不笑的笑容來隱藏自己這種情緒就不醜陋又滑稽嗎？

「他」服裝底下的肌肉全部緊繃起來，由輕輕緊咬的齒縫中呼出一口氣。現在還不是時候。再過一會兒才是扣下扳機的時間。

將視線移回全息圖螢幕上之後，發現鏡頭正整個拉遠，映照出坐在男人右邊的主持人以及坐在左邊的另一名特別來賓。

身穿流行電音類型服裝的少女主持人用甜甜的聲音說：

『人家說全ＶＲＭＭＯ裡難度最高的遊戲便是「Gun Gale Online」，而您不愧是該遊戲裡的首席玩家，一開口便是如此勁爆的發言。』

『沒有啦，一輩子可能只有一次機會來上這個「ＭＭＯ動向」。當然要把想說的話全說出來啊。』

『太客氣了。您應該也會參加這次的「Bullet of Bullets」吧？』

『那是當然，而且既然要參賽就一定會以奪取優勝為目標。』

男人撩起那誇張的藍銀色長髮並傲慢地看著鏡頭這麼說道。這時店裡再度響起一片噓聲。

ＭＭＯ動向雖然不是Gun Gale Online——通稱ＧＧＯ的內部頻道，但無論是主持人還是現場來賓都不是真人而是遊戲角色。「本週的優勝者」是每個星期都會邀請各個ＶＲＭＭＯ遊戲的高等級玩家前來接受訪問的節目，而這週的來賓則是在ＧＧＯ上個月所舉行的最強者淘汰賽「Bullet of Bullets（簡稱ＢｏＢ）」裡獲得冠軍與季軍的兩位玩家。

『但是ＺＸＥＤ先生……』

聽了銀髮男一連串傲慢的言詞後，獲得季軍的男性終於忍不住開口說道：

『ＢｏＢ應該都是單人的遭遇戰吧。再度對戰時不能保證你一定能獲勝，我想你剛才那種自己的類型佔絕對優勢的發言應該是言過其實了吧。』

『不不不，這次的結果就代表全ＧＧＯ目前的傾向。闇風你是ＡＧＩ類型，所以我能理解你不想同意我說法的心情……』

名為ＺＸＥＤ的優勝者馬上如此反駁道。

『……一直到前陣子為止，敏捷度超高且能迅速射擊強力實彈槍械的角色確實是最強類型。因為同時迴避率也會提升，所以也能彌補耐久力不足的缺點。但是ＭＭＯ這種遊戲與單機版遊戲不同，它的平衡度是無時無刻不在改變的。尤其等級型原則上是沒辦法更換能力值，所以得先預測將來的趨勢來分配能力點數才行。在這個等級範圍裡最強的類型不代表接下來也會是最強。你只要想一下就知道了嘛。今後出現的槍械，裝備時需要的ＳＴＲ（筋力）以及命中準確度都會都會不斷上升。不斷迴避就可以不受傷害通過彈幕的天真想法已經不適用了。我和闇風你的戰鬥便象徵著這種情況。你的子彈被我的耐彈裝甲減低了許多殺傷力，反而是我射擊的命中率將近七成左右。說明白一點好了，今後已經是ＳＴＲ－ＶＩＴ（體力）型玩家的時代。』

面對這一連串的批評，那名叫做闇風的男人臉上終於因為悔恨而扭曲了起來。

『……但那是ＺＸＥＤ你在大會舉行前得到了剛好符合你ＳＴＲ的稀有槍械才能有這種結果吧。你付了多少錢買那把槍？』

『真討厭，那當然是我自己打怪得到的啊。這麼說起來，最重要的能力值或許是運氣也說不定呢，哈哈哈……』

「他」一邊用充滿怨恨的眼神看著全息圖螢幕裡那個大笑的銀髮男，一邊動起包在服裝下的右臂。從腰間的手槍皮套裡找到突出來的握把，接著緊緊握住這冰冷又堅硬的金屬。時間馬上就要到了——確認一下視線角落的時間後，發現還有一分二十秒。

坐在他鄰桌的二人組一邊喝著啤酒一邊這麼低聲說道：

「哼，竟然敢這樣大放厥詞。以前到處宣稱ＡＧＩ型最強的不就是ＺＸＥＤ本人嗎？」

「現在想起來，那可能是他故意引導錯誤流行的陷阱也說不定……被他給擺了一道……」

「這麼說……現在的ＳＴＲ—ＶＩＴ最強論也是騙人的囉？」

「那到底什麼才是真正的最強呢。拚命狂升ＬＵＫ嗎？」

「那你試試看啊。」

「才不要哩。」

兩人組說完便嘻嘻笑了起來。這種聲音更燃起了「他」的怒火。既然發現被騙了，怎麼還能笑得那麼開心呢。真讓人無法理解。

——但是，你們那愚昧的笑容也馬上就要凍結起來了。因為你們即將見到真正的力量與真正的最強者。

是時候了。

「他」無聲地站了起來。然後在桌子之間一步步往前進。沒有任何人注意到「他」的存在。

愚蠢的群眾啊……準備品嘗恐懼吧。

「他」囁嚅完之後便在酒店的中央，也就是全息圖面板的正下方停了下來。接著由配備在吉利服腰間的皮套裡拔出一把粗糙的手槍。

槍身上閃爍著有如把所有黑暗凝縮在上面的冰冷金屬光輝。這把手槍連握把都是金屬製，有著直排鋸齒狀突起的中央部份還有一個星型刻印。外表看起來就是一把很普通並且沒什麼威力的手槍。

但是這把手槍擁有「真正的力量」。

「他」拉下滑套發出「喀嚓」的聲音，裝上首發子彈後，以緩慢的動作將槍口對準了上空——也就是巨大的全息圖面板。面板裡最強的玩家ＺＸＥＤ正在大笑著，而槍口就瞄準了他的額頭。

「他」維持了一陣子這種動作之後，周圍的人也發出一陣感到訝異的聲音。

即便是沒有ＰＫ限制的ＧＧＯ，在街道裡面也是沒辦法攻擊別人。就算可以發射子彈，但別說要傷害到玩家了，就連物體都沒辦法破壞。

「他」這種無意義的動作讓幾個人發出了嘲笑聲。但是「他」卻完全不為所動，只是拿著黑色手槍持續用等邊射擊法站著。

而面板螢幕裡的ＺＸＥＤ依然說出充滿輕視味道的發言。

ＺＸＥＤ的肉身應該躺在現實世界某處，藉由頭上的「AmuSphere」連線至ＭＭＯ動向的虛擬攝影棚吧。所以他當然無法知道Gun Gale Online世界的首都「ＳＢＣ格洛肯」購物街的某間酒店裡，正有個人拿著槍對準電視裡的自己。

但是這時「他」張開嘴，用盡所有力氣大叫著：

「ＺＸＥＤ！虛偽的勝利者啊！現在就是你接受真正制裁的時候了！」

在嚇了一大跳的玩家們注視之下，「他」抬起左臂，用指尖依序碰額頭、胸口、左肩與右肩，等於是劃了一道十字架。

在他放下左手的同時，右手也扣下扳機。

滑套整個向後滑動，黃色發射火焰閃爍。接著是尖銳的爆炸聲響起。

在酒店有限燈光的微暗下，金屬子彈直線飛去——直接命中全息圖面板表面並引起小小的光線效果。

但產生的影響也僅止於此，畫面中的ＺＸＥＤ依然滔滔不絕的講著話。

這次店內真的湧起了一陣嘲笑。可以聽見「好痛哦～」「真的發射了耶」這些揶揄的話。

但ＺＸＥＤ的講話聲蓋過這些雜音繼續說道：

『……所以說，無論是能力值還是技能，最後還是要看玩家本人的能力……』

但聲音到此忽然就中斷了。

客人們的視線回到面板上。

ＺＸＥＤ只是張著嘴，瞪大了眼睛僵在那裡。他的手慢慢舉起，做出抓住胸口中央的動作。

接著他的身影忽然消失，只剩下由多邊形所組成的椅子留在當場。主持人急忙慌張的說：

『哎呀，看來是斷線了。我想他馬上就會重新連線，請大家稍待片刻……』

但是店裡沒有任何人在聽主持人說話。一片寂靜當中，所有人又把視線移回「他」身上。

「他」將對著螢幕的槍收回來，維持水平握槍姿勢。接著慢慢轉過身體，眼神掃過店裡面的玩家。

看完一圈之後，「他」再度高舉黑色手槍大叫道：

「……這就是真正的力量，真正的強勁！愚蠢的人們啊，把我的名字隨著恐怖牢牢記住吧！」

他用力吸了口氣——

「我和這把槍的名字是『死槍』…………『death gun』！」

「他」將手槍放回皮套裡，揮動左手叫出選單視窗。

「他」一邊按下登出鍵，一邊感受著勝利感與異常強烈的飢餓感。

1

「歡迎光臨。請問是一位嗎？」

我對殷勤低頭的服務生回答「我跟人約好了」之後，環顧了一下寬廣的咖啡廳。

結果店內深處的位子上馬上就有人毫不客氣地大叫著我的名字：

「喂——桐人，這邊這邊！」

響著優雅古典音樂的空間裡原本只有些輕微的談笑聲，但這時全都停了下來，並以帶著責怪的眼神看著我。我只好縮起脖子，快步走向聲音的主人。穿著一件舊皮外套與破牛仔褲的我，跟這間大多數都是剛買完東西的貴婦的店內實在是很不搭，因此也讓我在心裡對把我叫來這裡的罪魁禍首感到更加氣憤。

如果對方是個妙齡美女也就算了，但很可惜的是，現在對我揮手的是個身穿西裝的男性。我直接表現出不滿的態度，用力往椅子上坐了下去。

服務生立刻從旁邊遞上冰水與毛巾，並且將菜單遞了過來。當我拿起包著真皮的菜單時，對面位置上傳來開朗的聲音說道：

「今天我請客，想吃什麼盡量點吧。」

「不用你說我也會這麼做。」

我沒好氣的答完之後往菜單上一看，發現連最便宜的「奶油泡芙」都要一千兩百日幣，雖然差點直接回答綜合咖啡一杯，但仔細一想，眼前這人可是坐領高薪的官員，而且他付的交際費也都是國民的血汗錢。覺得這實在太過分的我，極力以平靜的聲音不斷點餐。

「嗯……我要巧克力聖代……還有覆盆子的千層派……然後加上榛果咖啡。」

好不容易說完一長串名稱後，才發現我點的食物總共加起來共要三千九百日幣。這實在讓我很想對他說我吃漢堡和奶昔就好，請把差額用現金補給我。順帶一提，其實我根本不知道自己點的東西究竟長什麼樣子。

「好的。」

服務生以流暢的動作離開之後，我才鬆了口氣抬起頭來。

眼前這個正大口吃著上面有許多生奶油的布丁的男人，名字叫做菊岡誠二郎。他戴著黑框眼鏡、頂著一頭死板的髮型。那張古板纖細的臉孔看起來就像個國文教師，但他其實是個貨真價實的國家高級公務員。他所屬的單位是總務省綜合通信基盤局高度通信網振興課第二個室，省內的名稱是通信網路內假想空間管理課，簡稱「假想課」。

也就是說這個男人的任務是監視目前呈現無秩序混亂狀態的ＶＲ世界……亦即國家的探

員，但這其實是個很冷門的差事。他本人時常感嘆自己的懷才不遇，但老實說，其實我也有同感。

這位被打落冷宮的菊岡先生一臉幸福地將最後一口布丁塞入嘴裡後，終於抬起頭來對我露出天真的笑容：

「哎呀桐人，不好意思哦，讓你大老遠跑一趟。」

「真這麼想的話就別把我叫到銀座來。」

「這家店的生奶油真的是超級美味。我要不要也點個泡芙呢……」

我邊用散發著柑橘類芳香的毛巾擦手，邊挾雜著嘆息說道：

「……還有，你憑什麼叫我桐人啊……」

「別這麼說嘛。一年前你在醫院裡醒過來時，我可是最先衝到你身邊的人呢。」

——很不幸的是，他說的是事實。從「那個死亡遊戲」裡脫出之後，最先來到我病房裡的人就是擔任對策小組國家探員的菊岡。

一開始我當然也對他很是客氣，但當我注意到這個男人並不是基於善意才接近我之後，便自然而然變成這種不客氣的說話方式了。或者應該說，是他故意讓我變成這種樣子的——不過這可能是我想太多了吧。

瞄了一眼正在猶豫要不要加點泡芙的菊岡，在心裡告誡自己不要又被他拖去蹚什麼渾水後，我開口說道：

「……新聞裡說相模灣底部發現了某種稀有金屬的巨大礦床，相關處室的高官們全都高興地手舞足蹈了耶。你幹嘛還在這裡為了一個小小的泡芙而猶豫不決啊。」

結果菊岡抬起頭來，眨了好幾次眼睛之後才笑著說道：

「哎呀，不論可以拿到多少利潤，都輪不到毫無相關的總務省啊。嗯……為了國家預算，我看還是忍耐一下吧。」

看見眼前的官員「啪嚓」一聲合上菜單後，我又因為這傢伙的炫燿行為而嘆了口氣。

「那可不可以進入正題了。不用說……應該又是虛擬犯罪的相關搜查了吧？」

「嗯嗯，桐人你真聰明，這樣我也省事多了。」

菊岡大剌剌地回答完之後，便從放在旁邊椅子上的公事包裡拿出極薄的平板電腦。

——沒錯，總而言之這個男人就是利用我這個日本網路史上最大犯罪「Sword Art Online事件」的生還者來提供情報給他。

某些書籍裡面似乎將公安警察的情報來源稱為「協力者」或者是「眼線」，然後將給予這些人代價讓他們不斷提供情報的行為稱為「營運」。如果按照這種說法，每次都被蛋糕引誘過來的我就是「菊岡營運之下的眼線」了。

想到這裡雖然不是很舒服，但這個男人曾告訴我收容亞絲娜的醫院，所以我還欠他一分人情。

如果沒有那個情報，我便沒辦法在現實世界裡快速找出結城明日奈。當然也就無法注意到須鄉伸之的惡魔計畫，更不可能阻止他將亞絲娜佔為己有。

所以我才會暫時繼續擔任菊岡的「線民」。只是決定講話不再客氣，也會盡量點些高價的蛋糕。

這時候我的營運者不知道能不能理解我的心情，只見他用指尖戳著平板電腦然後慢吞吞地說道：

「哎呀，這個啊……最近虛擬空間相關的犯罪件數越來越多……」

「是嗎？具體來說呢？」

「嗯……光是十一月接到假想財產的強盜與損毀案件就高達一百件以上。而且ＶＲ遊戲裡面的糾紛引發現實世界裡的傷害事件有十三件。裡面還有一件是傷害致死……這案件被媒體大肆報導過，我想桐人你也應該知道才對。就是自己將裝飾用西洋劍磨利，接著在新宿車站到處揮舞造成兩人死亡的事件。嗚哇——刀刃有一百二十公分長然後重三．五公斤。竟然能揮得動這種東西。」

「聽說是走火入魔的玩家在吸毒之後產生了錯亂……光看這一件的話確實是讓人覺得罪無可赦，但以整體來看的話這種件數……」

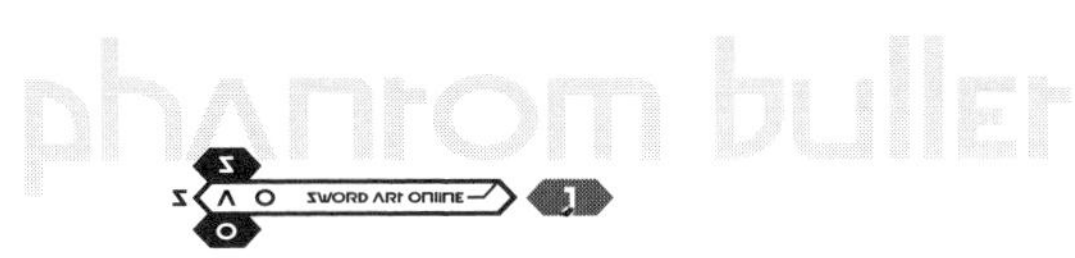

「沒錯。在全國所發生的傷害事件裡面確實只是微不足道，我也不會因此而做出ＶＲＭＭＯ遊戲會造成社會不安這種短視的結論。但是呢，你之前不也說過……」

「——ＶＲＭＭＯ遊戲會讓人降低在現實世界裡傷害人的心理障壁。這點我承認。」

這時服務生再度無聲無息地出現，然後在我眼前放下兩個盤子與一個杯子。

「請問您的餐點都到齊了嗎？」

我點了點頭之後，對方便將寫著驚人金額的帳單翻過來放在桌子角落後離開。我先啜了一口帶有榛果香味的咖啡之後繼續說道：

「……一部份遊戲裡面ＰＫ行為已經被日常化了，在某種意義上來說，這可以說是在現實世界裡殺人時的演習。某些比較極端的遊戲裡，只要手腕被切到便會噴血，肚子被割到甚至連內臟都會跑出來。聽說迷上這些遊戲的重度玩家甚至以自殺來取代按下登出鍵呢。」

聽見有「咳咳」的乾咳聲後往旁邊的桌子看了一下，發現兩名上流社會的貴婦正狠狠瞪著我。我縮起脖子，小聲繼續說道：

「每天重複那種行為的話，總是會有出現想在現實世界裡試試看的傢伙。我也認為必須要想出什麼對策來預防這種事情才可以。只不過利用法律規範行不通就是了……」

「真的行不通嗎？」

「沒錯。」

我用金色湯匙慎重地挖起極薄的派皮以及疊了好幾層的粉紅色奶油，接著將它們放進嘴裡。腦袋裡不禁湧起這一口要價上百元吧的想法。我一邊享受派皮逐漸溶化的口感，一邊繼續著血腥的話題：

「……除非進行網路鎖國。ＶＲＭＭＯ本身可以說對線路不會造成什麼負擔，所以就算國內再怎麼取締也只是造成使用者和業者全部移到海外去而已吧。」

「唔姆……」

菊岡嚴肅的視線看著桌上，沉默了數秒鐘後開口這麼說：

「……那個千層派看起來很好吃耶。可以分我吃一口嗎？」

「…………」

我隨著第三次嘆氣將盤子推到菊岡面前。這個政府官員高興地挖走了大概有兩百八十日幣的份量然後放進嘴裡。

「但是呢，桐人啊……我沒辦法理解為什麼要ＰＫ呢。與其互相殘殺，大家一起合作不是比較好玩嗎？」

「……你也是ＡＬＯ的玩家，所以多少有點了解吧。早在完全潛行技術出現之前，ＭＭＯＲＰＧ的基本就已經是互相掠奪了。說得更極端一點，我認為沒有結局的網路遊戲讓玩家持續玩下去的最終原動力就是……追求優越感的衝動本能。」

「哦？」

菊岡一邊嚼著千層派一邊揚起眉毛希望我做進一步的說明。我雖然在內心咒罵著「為什麼我得向你說明這種事情呢」，但還是帶著要給他點顏色瞧瞧的心理這麼說道：

「……不只是遊戲這樣而已吧。我想你也應該承認，這個社會的基本構造就是想出人頭地對吧？你應該也有這樣的經驗才對。就算同樣在總務省，但總是會嫉妒因為大學比你好就靠著派系力量快速升職的傢伙，相反的，看見層級比你低的人對你鞠躬哈腰就會覺得飄飄然對吧。就是因為你的自卑感和優越感取得了平衡，所以你才能在這裡悠閒地吃著蛋糕。」

菊岡吞下千層派之後苦笑著說：

「你真的是有話直說耶。那桐人你自己又怎麼樣呢，有取得平衡嗎？」

「…………」

當然我自己也有一大堆自卑感，但我完全不想對這個男人吐露。於是我裝出一副平靜的表情回答：

「嗯……至少我還有個女朋友。」

「說得也是，這一點我就真的是羨慕得要死了。下次在ＡＬＯ裡也介紹女孩子給我認識嘛。那個風精靈的領主是我喜歡的類型。」

「話先說在前面，你搭訕的時候要是說我是高級官員的話，可是會被砍死的哦。」

「我還真想被她砍一次看看呢。然後——？」

「然後在現實世界裡要得到優越感其實還滿困難的。要非常努力才有可能獲得機會。比如說要拿到好成績、要在運動方面有所表現、要讓自己變得更帥氣、更可愛……這些事情都得花上相當多的時間與力氣，而且還不一定能得到結果。」

「確實如此。我當初拚命用功但還是考不進東大。」

看見邊笑邊這麼說道的菊岡後，已經懶得吐槽他的我便馬上接下去繼續說道：

「這時候ＭＭＯＲＰＧ（大規模線上角色扮演遊戲）就是最好的良藥了。這東西只要犧牲現實世界裡的時間就一定可以變強，也可以得到稀有的道具。當然這也算是一種努力，但終究還是遊戲。怎麼樣還是比用功與鍛鍊筋骨來得輕鬆多了。只要穿上高價的裝備、顯示出自己的高等級然後在大街上走動，弱小玩家們的羨慕眼神就會集中在自己身上……或者是說可以有這樣的錯覺。然後到練功場去時，可以用壓倒性的力量解決怪物，解救遭受危機的小隊。而這樣也可以有被感謝、被尊敬的——」

「錯覺？」

「……不過這只是我個人的看法。ＭＭＯ遊戲當然也有其他要素。但是以前也有過以交友為主要目的的網路遊戲，卻沒有一個像ＭＭＯＲＰＧ那麼成功。」

「……原來如此，也就是說這樣的遊戲沒辦法滿足優越感囉？」

「沒錯。接下來——VRMMO遊戲便出現了。而這種遊戲走在路上可是能夠實際感受到別人的眼神。再也不用隔著螢幕憑空想像了。」

「嗯嗯。確實如此，你和亞絲娜並肩走在世界樹城市時每個人一定都會看你。」

「……你也是有話直說耶。總之只要花時間在VRMMO遊戲上，無論是誰都可以得到優越感。而且這種感覺比成績好、足球踢得棒、擁有大量金錢都要簡單且原始，是屬於人類本能的一種。」

「……那也就是……？」

「也就是『實力』。無論是物理或是肉體上的實力。那種能夠用自己的手破壞敵人的感覺就跟毒品一樣會讓人上癮。」

「…………『實力』……也就是最大的『力量』嗎……」

菊岡以緬懷過去的口氣接著說道：

「……每個男孩子都會有這種憧憬……像看了格鬥漫畫之後便與主角做出同樣的修行等等。但大部分都會馬上知道事情沒有那麼簡單而把夢想轉換到其他更實際的事物上……原來如此——如果是在VRMMO裡的話，就能再度見到那個夢想了，我說得對嗎？」

我點了點頭，接著用咖啡濕潤一下難得因為講太多話而乾枯的喉嚨。

「沒錯。一部分格鬥遊戲為了追求真實性，甚至和真正的格鬥技流派互相合作呢。」

「哦？怎麼個合作法？」

「總之呢……就是在遊戲裡培育某個角色，最後便能夠成為某某流空手道或是某某流拳法的達人。舞台也完全重現新宿或是澀谷等實際的地點，然後玩家能夠在裡面憑自己的雙手痛扁那些不良分子。不過……遊戲裡面當然無法教導格鬥家應該有的精神素養。所以完全沉浸在這種遊戲裡的玩家，就有可能會想在現實世界裡使用由遊戲角色那裡學來的空殼技巧……最後也真的就使用了。我必須很痛心地承認確實有這種可能性存在。」

「是這樣啊……ＶＲＭＭＯ世界裡的『實力』侵蝕到現實世界了嗎。那個……我說桐人啊……」

菊岡再度很嚴肅地看著我。

「那真的僅止於心理上的侵蝕而已嗎？」

「你這是什麼意思？」

「不只是對暴力的心理障壁降低或者可以取得傷害人的知識與技術而已……實際上也可以給玩家真實世界裡的肉體某種物理上的影響……會不會有這種可能性呢？」

這次換成我開始思考了起來。

「……你的意思是，比如剛才所說在新宿揮舞著三．五公斤重西洋劍的男人，他的肌肉會因為受到遊戲世界的影響而變強壯……是這樣嗎？」

「嗯，沒錯。」

「嗯……完全潛行機器對神經系統的影響好像才剛開始被研究而已。基本上那只是躺在床上而已，基本體力應該會下降才對，不過如果是火災場的蠻力的話又如何呢……說起來——這方面的事你應該比我清楚才對吧？」

「我到大腦生理學的醫生那裡去問過了，但完全聽不懂他在說什麼。剛才講了那麼多……其實這次約你見面的主題就是這個。你看一下這邊……」

菊岡操縱平板電腦，然後把它朝我移了過來。

接過來後一看，馬上就見到液晶螢幕上有一個男人的臉部照片與地址等個人資料。戴著銀框眼鏡的男人有著一頭雜亂長髮，臉頰與脖子上有厚厚的脂肪。

「……這誰啊？」

從我這裡拿回電腦後，菊岡便用手指開始操縱了起來。

「嗯……上個月……十一月十四日那天。東京都中野區某棟公寓裡面，正在打掃的房東聞到了異臭。他按了發出臭味的房間對講機但沒有回應。而且裡面也沒有人接電話。但是房間裡的電燈卻還亮著。於是房東便解除電子鎖進到房間裡面，結果便發現這個男人……二十六歲的茂村保已經死在裡面。之後研判出這時他已經死了五天了。房間裡雖然很亂但不像是被搜過的樣子，而遺體就躺在床上。然後頭上……」

「戴著AmuSphere嗎……」

其實我自己房裡也有一台這種機器，這時我腦海裡一邊浮現這由兩個圓環連結起來的頭盔狀完全潛行機器一邊這麼說道。而菊岡聽見之後也點了點頭。

「沒錯。房東馬上連絡家屬——由於是相當怪異的死法，所以立刻進行了司法解剖。結果死因是心臟衰竭。」

「心臟衰竭？也就是心臟停止跳動嗎？為什麼停止跳動？」

「原因不明。」

「…………」

「由於已經死亡了一段時間，而且也不像是他殺，所以並沒有進行精密的解剖。只是知道他幾乎已經兩天沒有進食，一直連線在遊戲裡面。」

我再度皺了一下眉頭。

老實說這種案例其實很常見。因為即使在現實世界裡不吃任何東西，也只要在裡面吃假想食物就會有虛偽的飽足感，接著就能夠再撐好幾個小時了。對被稱為「廢人級」的重度玩家來說，除了可以省下飯錢之外還能增加遊戲時間，所以別說是一天了，許多人根本是兩天才吃一次飯。

但是持續這種生活習慣的話，一定會對身體產生不良影響。他們幾乎都有營養失調的毛病，要是發作起來暈倒又剛好是一個人住的話，就會這樣直接死亡……但其實這也不是很稀奇的事情。

我閉上眼睛幫茂村氏悼念了一下之後，開口說道：

「……這確實是很可憐，但……」

「沒錯，雖然悲慘，但最近已經常可以見到這種事發生了。所以這宗怪異的死亡案件也沒有成為新聞，而家人也因為想隱瞞是在遊戲當中忽然死亡而不願多談。在某種意義上來說，這也是ＶＲＭＭＯ所造成的死亡侵蝕……」

「……你不是為了讓我聽這種普通的論點才把我叫來的吧？這案件裡有什麼特別的地方？」

聽見我的問題之後，菊岡便瞄了一下電腦然後回答：

「這位茂村先生的AmuSphere裡面只有安裝一款遊戲而已。『Gun Gale Online』……你知道這款遊戲嗎？」

「那當然了……那是日本唯一有『職業』玩家的ＭＭＯ遊戲。雖然我沒玩過就是了。」

「他在Gun Gale Online……簡稱ＧＧＯ裡面似乎是等級相當高的玩家。還在十月所舉行的最強者決定戰裡獲得優勝。角色的名稱是『ＺＸＥＤ』。」

「……那他就是在登入到ＧＧＯ裡面時死亡的嗎？」

「不，好像不是。當時他用ＺＸＥＤ這個角色，參加了『ＭＭＯ動向』這個網路電視台的演出。」

「啊啊……ＭＭＯ動向的『本週的優勝者』嗎。對了，前陣子我好像也聽說因為特別來賓斷線而中斷了節目……」

「我想就是那時候了。他在演出當中心臟突然出現了毛病。根據紀錄可以知道發生這件事情時是幾分幾秒。但接下來就是未確認情報了……有玩家在部落格裡寫著在他發作的時候，ＧＧＯ裡也發生了一件很奇怪的事。」

「奇怪的事情？」

「ＧＧＯ內部也有播放ＭＭＯ動向吧？」

「嗯嗯。在酒店裡面可以看到。」

「ＧＧＯ世界的首都，『ＳＢＣ格洛肯』的酒店裡也有播放。而發生問題的那個時間點，似乎有一名玩家出現奇怪的舉動。」

「…………」

「據說他對著電視上的ＺＸＥＤ大叫什麼接受制裁吧、去死吧等等的，然後還對著螢幕發射子彈。看見這種景象的玩家偶然錄下了聲音檔，然後把它上傳到影片網站上。檔案裡面也紀錄著日本標準時間……嗯……對電視射擊是在十一月九日下午十一點三十分兩秒。而茂村他是十一點三十分十五秒時突然從節目裡面消失的。」

「那是偶然吧……」

我一邊將另一盤甜點拉過來一邊這麼說道。

用湯匙在茶色筒狀物上挖了一口之後將它放進嘴裡。結果馬上就被它冰涼的程度嚇了一大跳。原本以為是蛋糕的東西結果竟然是冰淇淋。盡力抑制甜味的濃密巧克力在嘴裡散開，將菊岡的話題所帶來的苦澀感給掩蓋過去。

當我將聖代的三分之一給送進胃裡之後，才繼續說道：

「如果是GGO的頂尖玩家，那一定會比其他MMO遭受到更多的嫉妒與怨恨。要槍擊現實世界裡的本人是需要很大的勇氣，但在遊戲裡對他開個槍應該也不是什麼大不了的事吧。」

「嗯，但是另外還有一件類似的事件。」

「…………什麼？」

這次我拿著湯匙的手終於停下動作，抬頭看著還是面無表情的菊岡。

「這次是在十天之前的十一月二十八日。地點是埼玉縣埼玉市市大宮區某處，這次也是從兩層樓公寓的房間裡發現一具屍體。報紙的業務員發現電燈沒關卻沒有人回應，覺得裡面的人假裝不在而感到很氣憤，一轉門後發現沒上鎖。入門一看便見到有個戴著AmuSphere的人躺在床上，同樣也發出異臭……」

這時刻意傳來的「咳咳！」聲打斷了我和菊岡的對話，往旁邊一看，結果是剛才那兩名貴婦用類似眼球妖怪的邪眼瞪著我們。但菊岡這時候卻發揮了令人意外的膽識，他只是對她們微微點了點頭然後繼續說道：

「……嗯，關於屍體的詳細情形我就省略不談了，只是這次的死因也是心臟衰竭。名字嘛……這個也跳過好了。簡單來說死者是三十一歲的男性。而他也是ＧＧＯ的頂級玩家。角色名稱好像是……『薄鹽鱈魚子』？不知道正不正確就是了。」

「以前ＳＡＯ裡面有個叫『北海鮭魚卵』的傢伙，說不定是他的親戚。那個鱈魚子也上電視了嗎？」

「沒有，這次是在遊戲裡面。由AmuSphere的紀錄檔裡得知斷線時間是在屍體被發現的三天之前，也就是十一月二十五日晚上十點零分四秒。而死亡推定時間也是在那個時候。他當時好像正在格洛肯市的中央廣場出席中隊——也就是公會——的集會。當他在講台上高談闊論時，被闖入集會的玩家給擊中了。由於是在街道裡面所以沒有受傷，但就在他憤怒地準備逼近槍擊者時便忽然斷線了。當然這也是寫在網路留言板上的情報所以無法確定真實性……」

「發動攻擊的玩家與『ＺＸＥＤ』時是同一個人嗎？」

「我想應該是吧。他也在講出制裁、力量等話後報上了與上次一樣的角色名稱。」

「……什麼名字……？」

菊岡看著平板電腦，皺起眉頭說道：

「『死槍』……還有『death gun』。」

「death……gun……」

——就是死槍的英文直譯嗎。

將湯匙放在空盤上之後，我在口中重複呢喃了好幾次那個名詞。就算是再怎麼搞笑的角色名稱，也還是會創造出該角色的一部分印象。死槍這個名字最先讓人聯想起的是冰冷的黑色金屬。

「……ZXED與薄鹽鱈魚子確定都是死於心臟衰竭嗎？」

「你的意思是？」

「腦部……沒有任何損傷？」

一聽見我這麼問，菊岡馬上就像了解我想說什麼一樣微微一笑。

「我也很在意這件事。問過負責司法解剖的醫師之後，他表示腦部沒有出血或者是血栓的異常現象。」

「…………」

「而且NERvGear那時候……啊，我可以說這件事嗎……？」

「沒關係。」

「……NERvGear在讓使用者死亡時，是利用幾乎能讓信號元件燒斷的高出力微波來破壞腦的一部分，但AmuSphere在設計上原本就沒辦法發出那麼強力的電磁波。開發者斷言那個機械只能用相當平穩的微波將聽覺或視覺這些五感情報送進腦部。」

「你已經連製造商都問過了嗎。菊岡先生你動作倒是很快嘛……這種偶然與謠傳所創造出來的消息怎麼能讓你這麼注意呢？」

當我凝視著菊岡眼鏡深處的細長眼睛時，他臉上一瞬間沒了表情，然後馬上又咧嘴一笑：

「因為我這個被打落冷宮的人每天都很閒啊。」

「那下次就陪我一起攻略艾恩葛朗特的最前線吧。尤金老大稱讚你有成為優良魔法師的資質呢。」

老實說我也不認為這男人真像他的外表與行事作風一樣是個笨蛋官僚。他在ＡＬＯ裡製作了一個角色，並不是真的對遊戲有興趣，而是這樣做比較容易收集ＶＲ世界裡的情報。以前拿到的名片上確實寫著總務省這種頭銜，但其實我覺得這一點很可疑。他真正的所屬說不定是與國家治安有密切關係的單位也說不定。

但先不論這件事，當現在的「假想課」還是「ＳＡＯ事件受害者救出對應本部」時，就是這個男人到處奔走才能確立將所有玩家收容到醫院裡去的體制。而且再加上亞絲娜那件事欠他的人情，也讓我目前是以六分好意四分警戒的態度來面對他。

不知道菊岡曉不曉得我目前的心情，只見他一邊搔著後腦杓一邊不好意思地笑了起來。

「哎呀，背咒文是還可以，只不過詠唱我就不行了。我從以前就不會說繞口令……話說回來，這件事我也認為有九成九是偶然不然就是謠言。所以從現在起我要說的就是假設問題了。桐人——你覺得有沒有可能因為遊戲內部的槍擊而讓玩家本人產生心臟衰竭呢？」

菊岡這句話讓我產生了某種想像，於是我輕輕皺起了眉頭。

穿著一身黑而且看不見臉的狙擊者……朝著虛空扣下手槍的扳機。而發射出去的是黑色幻影子彈。子彈貫穿了假想空間的障壁，侵入數據錯綜複雜的網路世界。接著子彈又數次彎曲著直角由路由器經過路由器，再由伺服器跳過伺服器而不斷往前突進。最後在某棟公寓的房間裡，藉由設置在牆壁上的網路連結器實體化，然後射進躺在床上的男人心臟……

輕輕搖頭甩開這種妄想後，我便豎起一根指頭然後說：

「我覺得這根本不可能……假如說那個……叫做『死槍』的攻擊者真的對『ＺＸＥＤ』與『薄鹽鱈魚子』的AmuSphere傳送了什麼信號……」

「唉唷，這裡就是重點了。可能辦得到這種事嗎？」

「嗯……這是假設送出去的不是致命性力量而是正常的感覺信號……你還記得前陣子引起騷動的『想像力病毒』嗎？」

「啊啊，那個嚇人郵件的事件嗎？」

所謂的『想像力』，是由個人所開發出來的AmuSphere專用郵件軟體。使用者可以潛入軟體生成的假想空間，然後對著相機發出要傳遞的訊息，接著軟體將會將檔案壓縮成郵件形式。收到郵件的人只要再生檔案，眼前就會出現寄件人的虛擬形象然後講出訊息。不久之後又進化成可以添加許多影像、音樂，最後甚至連觸感都可以藉由郵件來傳送，結果引發了一陣大流行。

但是不久之後軟體被人發現安全漏洞，於是利用這個漏洞的病毒郵件便開始到處橫行並且引起了騷動。收到郵件後當你潛入假想空間時，不論你在哪裡郵件都會強制性被打開，然後眼前便會出現一大票不是色情就是血腥的嚇人影像與聲音——

當然馬上就有修正檔案被上傳，事件也開始逐漸沉靜下來……

「——幾乎所有AmuSphere使用者都安裝了『想像力』軟體。如果有未知的防護漏洞，讓人可以得知對象的郵件信箱或是ＩＰ位置的話……」

「我懂了……只要事先設定寄件時間，然後在槍擊的同時寄送某種訊息——理論上來說這是可能的。」

菊岡將兩手瘦巴巴的手指合起來，然後把下顎靠在上面並點了點頭。

「那麼我們就當他成功這麼做了。但是——傳送出去的不是帶有致命詛咒的子彈，而是十分正常的感官刺激。」

「也就是能讓心臟停止的觸感……或是味道、氣味……景象、聲音……等等。我們一個一個來考慮吧。首先是觸覺，也就是皮膚的感覺。」

我停止說話，用右手的食指劃過左手手掌。然後回想著剛才原本以為是巧克力蛋糕但卻是冰淇淋時的驚訝感。

「……如果傳送非常寒冷的感覺呢？會不會引起像忽然跳進一大盆冰水裡所引起的心臟麻痺？」

「嗯……跳進冷水裡而引起心臟停止，是因為溫度差的衝擊造成全身血管收縮，進而對心臟造成負擔……應該是這樣才對吧？」

「——那這條路線也不行嗎？就算腦部有了假想的冰冷感，也不會對手腳的毛細孔發生影響吧……」

「那你覺得這個情況如何……」

這次換成菊岡一邊搓著手一邊說道。或許是我想太多了吧，但總覺得他看起來很高興。

「很小的蟲子……跟甲蟲比起來，可能線形蟲類會比較適合。就像被人丟進滿是毛蟲或是蜈蚣的洞穴裡那樣的觸感。當然也附上影像。嗚哇，光是想像我就起雞皮疙瘩了。」

「…………」

雖然不願意但我也隨著想像了一下。

悠閒走在練功場裡時，腳底下的地面忽然消失，整個人跟著掉進深邃的洞穴裡。而那裡面有一大堆細長的生物蠕動著，牠們除了爬滿你全身之外，還從袖口或是衣領鑽進衣服裡面……

「這確實讓人起雞皮疙瘩……」

我摩擦著雙臂並搖了搖頭。

「但是這種程度的陷阱，在『想像力病毒』裡面就有過了。像是忽然有巨大毛蟲或是超大水母從頭上掉下來。但我想沒有任何人因此而心臟停止……說起來在登入ＶＲＭＭＯ時，原本在無意識中就已經做好面對突發狀況的心理準備了。因為練功場裡可能突然就有怪物出現啊。如果這樣心臟就停止的話，那根本就不用玩遊戲了。」

「說得也是。」

菊岡聳了聳肩，拿起杯子後輕輕晃了一下。

「那接下來就是味覺與嗅覺了……像是嘴裡忽然出現恐怖的惡臭什麼的……比如說把kiviak的味道在嘴裡再生。遭到這種攻擊的人當然會馬上想吐。然後這種嘔吐的反射性動作直接影響到真正的肉體……」

「這樣的話就不是心臟衰竭而是因為嘔吐物窒息而死了吧？還有那個kiviak到底是什麼？」

問完這個問題後菊岡眼裡馬上閃爍著喜悅的光輝，讓我開始感到非常後悔。這男人最喜歡

講些噁心的興趣了。明明是個社會精英卻還交不到女朋友，可能就是因為這個緣故吧。

「哎呀，你不知道kiviak嗎？那是愛斯基摩人的食物，首先呢在剛進入夏天時要抓些叫做海燕的候鳥，然後把牠們塞進挖空海豹內臟後所製成的皮囊。接下來將其放置在冰暗的地方經過好幾個月之後，海豹的油脂便會滲入海燕裡，然後整個發酵，或者應該說是腐敗吧。這時候才把鳥拿出來，享受已經溶化為巧克力狀的軟綿綿內臟。聽說味道似乎比鮮魚罐頭還要臭，不過一旦習慣之後就會上癮的樣子……」

「喀噹！」一聲巨響讓我們往旁邊看去，結果發現隔壁桌的兩名貴婦正遮著嘴巴站起來落荒而逃。我重重嘆了口氣，打斷菊岡的話開始說道：

「我有機會去格陵蘭的話會試試看的。還有那個什麼罐頭的就不用說明了。」

「唉唷，真的不用嗎……」

「別一臉遺憾的樣子。再怎麼樣也不可能因為吃到臭氣沖天的食物便心臟衰竭吧。講下一個吧。接下來應該是影像……但是……」

我用咖啡的芳香消除菊岡所講的臭味話題後才繼續這麼說道。

「與剛才毛毛蟲的時候一樣，要用帶有某種主題的影像讓人心臟停止我覺得還是有所困難，不論那是多麼恐怖或是殘酷的影像。如果目標有嚴重的心理創傷的話我想還有一點可能，但是這根本不可能調查得出來吧。」

「唔……你剛才說某種主題對吧？」

「嗯嗯。這是我出生之前就已經發生的陳年往事，所以知道得不算清楚。這事件好像是小孩子看著電視上播放的動畫，結果全國就同時有好幾個人昏倒了。」

「你說那個啊——我那時在念幼稚園，所以我當時有看見那個節目。」

菊岡很懷念似的笑著繼續說：

「嗯……那應該是紅色與藍色光芒連續閃爍的畫面，結果引起了某些兒童的病狀發作。」

「應該就是那個了。跟那時候一樣，如果是傳送猛烈的閃爍光芒影像到他們面前的話呢。普通人在這種時候應該會馬上閉起眼睛。但傳送到腦裡的話就算閉眼睛也沒用吧。也有可能就是這樣而引發了某種休克症狀。」

「嗯，確實如此。」

菊岡點了點頭，但馬上就又搖著頭說：

「——但是呢，這個問題當初在開發AmuSphere時好像就有被討論過了。結果好像設置了應該說是安全裝置還是限制器的東西。AmuSphere沒辦法產生固定振幅以上的信號影像。」

「喂——你啊……」

我這次用帶著百分百懷疑的眼神瞪著菊岡的臉。

「你是不是早就把這些可能性全部都調查過一遍了？總務省的精英們絞盡腦汁想過的問

題，應該不用再來問我的意見吧。你到底想做什麼？」

「哎呀哎呀你別這麼說嘛。桐人你的想法給了我很大的刺激與參考唷。而且我很喜歡和你說話啊。」

「我可不喜歡。至於聽覺嘛——如果已經有限制器的話，聽覺應該也會被納入規範吧。那事情就到此結束了。結論——遊戲內的干涉要讓玩家心臟停止是不可能的事情。『死槍』他的槍擊和那兩個人的心臟衰竭只是偶然同時發生。我要回去了。謝謝你的招待。」

我有預感再繼續談下去準沒有什麼好事，於是快速道完謝之後便從位子上站起來準備離開。

但是菊岡卻急忙叫住我。

「哇，等等嘛。接下來才要進入主題。你可以再點一道蛋糕沒關係，拜託再聽我講一下吧。」

「…………」

「哎呀，桐人你幫我做出這個結論我就安心多了。我也跟你有同樣的看法。這兩件死亡不是因為遊戲內的槍擊事件所造成。因此呢，我要在這裡拜託你——」

雖然我這時深深覺得自己不應該來的，但還是繼續聽他說了下去。

「可不可以幫我登入Gun Gale Online，然後接觸那個自稱『死槍』的男人……」

說完後這個公務員露出天真無邪的笑容，但我卻用最冰冷的聲音對他說：

「什麼接觸？你就老實說吧，菊岡先生。你是要我去讓那個『死槍』射一下看看對吧。」

「沒有啦，哈哈哈。」

「才不要哩！如果真有個三長兩短怎麼辦！你就自己去讓人家射中然後心臟衰竭吧！」

我說完後便再度站起身來，這時菊岡用力抓住我的袖子。

「剛才我們兩個不是一致同意沒有那種可能性了嗎？而且這個『死槍』在挑選目標上似乎有很嚴格的堅持。」

「……堅持？」

我只好再度坐下然後回問道。

「ＹＥＳ。『死槍』在遊戲裡攻擊的兩個人『ＺＸＥＤ』與『薄鹽鱈魚子』都是有名的頂級玩家。也就是他應該不會攻擊沒有實力的人。我的話不論花多少年都不會變強的。但是如果是連茅場都承認是最強的你……」

「我也沒辦法！ＧＧＯ不是那麼簡單的遊戲。裡面有一堆職業玩家啊。」

「就是這個，你剛才也說過的職業玩家是怎麼回事？」

我發現自己正被菊岡拖入這蹚渾水當中，但還是不情不願地開始解釋起來。

「……職業就是職業啊。那是一群靠遊戲來賺錢的傢伙。Gun Gale Online是所有ＶＲＭＭＯ

裡唯一採取『遊戲貨幣轉換現實貨幣』系統的遊戲。」

「……哦？」

即使菊岡他身為探員，但在遊戲方面的知識卻還是比不上我，所以我想他這次的疑問應該是真的。

「簡單來說，就是可以把遊戲裡賺到的錢兌換成現金。正確一點講的話應該是換成電子貨幣而不是日幣，不過現在已經可以用電子貨幣進行所有付款，所以也是一樣。」

「……但是這麼做還能賺錢嗎？營運業者應該也想要獲利吧？」

「當然不是所有玩家都能賺到錢。這和柏青哥以及賭馬一樣。每個月的連線費需要三千元。這在ＶＲＭＭＯ裡算是相當高的價位。而玩家一個月平均能兌換的金額也不過是十分之一……大概只有幾百元而已。但是……應該說它帶有很大的賭博性質在吧……偶而會有得到相當稀有道具的傢伙出現。當他們把那種道具在遊戲內拍賣掉，然後把得到的金錢經過轉換，大概就可以得到數萬或是數十萬電子貨幣。只要聽到有這種好事，就會覺得有哪一天也會輪到我對吧。所以說整個遊戲內部就像一座巨大的賭場一樣。」

「唔姆，原來如此……」

「而那些職業玩家就是每個月都能夠賺取固定收入的傢伙。頂尖玩家聽說每個月都能賺到二十萬到三十萬的樣子，以現實世界的基準來看或許沒什麼了不起……但已經足夠過一般的生活了。也就是說這些傢伙是從廣大的玩家群所付出的連線費用裡賺取自己的收入。我剛才說GGO的頂級玩家比其他遊戲更容易遭人嫉妒就是這個道理。因為他們就像利用國民的稅收來吃貴死人蛋糕的公務員一樣。」

「呵呵呵，桐人你講話還是這麼嚴厲。不過我就喜歡你這種個性。」

我不理會菊岡裝傻的發言，準備將整個話題做個結束。

「——就因為這個理由，所以GGO的高等級玩家灌注在遊戲上的時間與熱情，可以說讓其他MMO玩家完全無法與之相比。像我這種沒有任何知識的傢伙，就算闖進去也沒有人會理我。而且說起來那款遊戲就如同它的名字一樣是以槍械為主……而我最頭痛的就是那種飛來飛去的道具了。抱歉，你還是另請高明吧。」

「等等嘛，我沒有別人可找了啊。你是我唯一在真實世界裡可以取得連絡的VRMMO玩家。而且……如果你認為面對職業對手負擔太重了，那你也把這個當成工作不就得了。」

「……啥？」

「我會以協助調查費的名義來支付你報酬。就跟……GGO頂尖玩家每個月所賺取的費用一樣好了。就這個價錢——」

看見菊岡豎起三根手指的動作後——

老實說我不禁有點頭暈目眩。只要有這份收入，我就可以組一台最新24核心級CPU的電腦了。但我心裡同時也產生一個疑問。

「……這就有點奇怪了，菊岡先生。你為什麼這麼看重這件事？這無疑是穿鑿附會的謠言，不然就是網路上常有的神秘現象話題。因為心臟麻痺的兩人沒有出現在遊戲裡面，才會開始有這種傳說出現的。」

聽見我直接了當的問題後，菊岡用細細的手指將眼鏡戴好，順便也隱藏住自己的表情。他一定是在考慮要對我透露幾分真話幾分假話。真是個滑頭的傢伙。

「——其實呢，是我的上頭相當在意。」

開始講話的高級公務員臉上又出現了常見的笑容。

「完全潛行技術對現實世界的影響，可以說是目前各個領域裡最受矚目的課題。除了對社會、文化有莫大影響之外，生物學上也正熱切討論著假想世界究竟會對人類生存方式產生什麼樣的影響。如果結論是有危險性的話，應該又會有制定法律來加以規範的動作出現吧。事實上ＳＡＯ事件當時就已經幾乎要提出這樣的法案了。但是我——應該說假想課認為不應該讓這股潮流開倒車。一方面也是為了你們這些享受ＶＲＭＭＯ遊戲的新世代著想。因此在這件事引發不必要的議論，進而被促進規範派拿來利用之前，我們想先了解整件事的正確內容。當然如果只是謠言那是最好了。但我們還是希望要有證據。這個理由不知道你能不能接受呢——」

「……我就把它解釋為你了解ＶＲ遊戲世代年輕人的理念與善意吧。但如果真的那麼在意的話，怎麼不直接和營運企業聯絡呢？只要分析紀錄檔，馬上就能知道槍擊『ＺＸＥＤ』與『鱈魚子』的人究竟是誰了。就算遊戲內的登錄資料全部都是假的，只要用ＩＰ位置來詢問網路業者，應該就能知道本名與地址了吧。」

「——我的管道再多，也沒辦觸及太平洋的另一端啊。」

苦著一張臉的菊岡這次散發出真正的焦躁感。

「Gun Gale Online的開發・營運企業『ＺＡＳＫＡＲ』……這個來歷不明的團體把伺服器設置在美國。雖然遊戲內對於玩家的支援做得相當完善，但現實世界裡別說是公司的所在地了，就連電話號碼與電子信箱都未公開。真是的，自從那個『種子』公開之後，奇怪的ＶＲ世界就如同雨後春筍般冒了出來。」

「是這樣嗎……」

我聽了之後只是聳了聳肩膀。知道ＶＲＭＭＯ開發支援程式套件「The seed」由來的就只有我和艾基爾而已。同樣的，一般社會大眾到現在都還以為，突然出現在新生ALfheim Online裡的浮游城艾恩葛朗特，目前仍然沉睡在已經消失的RCT PROGRESS所管理的舊ＳＡＯ伺服器裡面。

「因此呢，想要得知事情的真相，就只有直接到遊戲裡面試著和對方取得接觸了。當然為了以防萬一，我們會準備好萬全的安全措施。桐人你只要到我們準備好的房間裡進行潛行就可以了，如果螢幕監控中的AmuSphere出力有了什麼異常，我們馬上就會切斷連線。我不會要你去讓死槍射射看，只希望你能夠用親眼見到的景象來判斷究竟是怎麼回事就可以了。你願意嘗試嗎——？」

回過神來時，才發現目前已經不是我能夠搖頭拒絕的狀況了。

真不該來赴約的……雖然我深深感到後悔，但同時也開始對這件事產生了一點興趣。

由假想世界裡干涉現實世界的能力……如果這真的存在的話，會不會就是茅場晶彥所追求的世界改變的開端呢？三年前冬天開始的那個事件，難道到現在還沒結束嗎……？

如果真是這樣，那我應該有見證這道洪流去向的義務才對。

我用力緊閉雙眼，深深呼了一口氣之後才這麼說道：

「……好吧。雖然很不願意陪你蹚這種渾水，但我就盡量試試看吧。不過我不知道能不能順利遇上那個『死槍』哦。說起來我根本就懷疑他是否真的存在。」

「啊啊……關於這個嘛……」

菊岡那無邪的臉笑了一笑。

「我剛才不是有說過嗎？最初的槍擊事件裡，當時在現場的玩家錄下了聲音檔。我把檔案壓縮之後帶過來了。這就是『死槍』的聲音。你聽一下看看吧。」

面對朝我伸出無線耳機的菊岡，我這次真的在心裡咒罵著「最好你的心臟也停止」然後又狠狠瞪了他一眼。

「謝謝你的熱心哦……」

接過耳機並將它塞進耳朵裡後，菊岡便用手指在螢幕上按了一下。馬上我耳朵裡就聽見了喧囂的聲音。

接著忽然間雜音完全消失。一道尖銳的聲音劃破緊繃的沉默。

『這就是真正的力量，真正的強勁！愚蠢的人們啊，把我的名字隨著恐怖牢牢記住吧！』

『我和這把槍的名字是「死槍」…………「death gun」！』

那是道不太像是人類，而且帶著金屬感的聲音。

話雖如此，但我還是強烈感受到叫聲是由活生生的玩家所發出來。因為聲音的主人不是在扮演什麼角色，而是真正散發出渴望殺戮的本能性衝動。

2

由千代田線大手町車站C10號出口來到地面上。接著往左手的手錶看了一眼。

距離約定好的下午三點還有五分鐘以上。當結城明日奈準備將手放下來時，忽然看見錶面上顯示日曆的小窗子。

二〇二五年十二月七日，星期天。

其實今天也不是什麼特別的紀念日。但是明日奈的胸口隱約含有某種感慨的心情。她抬起頭，開始在永代大道上朝著皇居正門走去，嘴裡還無聲地呢喃著：

——已經快要一年了……

當然前面還省略了「回到這個世界來」這句話。

明日奈先是被關進鋼鐵浮遊城，接著又被轉換到樹上的鳥籠裡，她是今年一月中旬才回到現實世界中的。假想世界裡的記憶雖然逐漸變成回憶，但她偶而還是會對自己生活在現實世界這件事感到不可思議。

整齊排列在寬廣步道上的石材。行道樹被冷風吹動的樹梢。把臉埋在大衣衣領或是圍巾裡的往來行人。還有緩緩走在人群當中的明日奈本身。

這些全部都不是由數位碼所建構的３Ｄ物件，而是真正的礦物、植物與生物。

但是「真實」的定義又是什麼呢？如果是原子或分子的集合體，那假想空間裡的多邊形應該也是一樣吧。因為那些存在也是停留在伺服器記憶裝置內的電子。只不過是基本粒子的不同而已。

這麼一來就是可逆性的問題了吧。存在於現實世界裡的東西不論是生物還是非生物，一旦被破壞之後就絕對不可能復原。但如果是在假想世界裡的話，就能夠很簡單地將物體的每一個位元組都完全重現。

……………不對。

也不是所有物體都能重現。那個世界──艾恩葛朗特裡確實存在著永遠無法挽回的失去。明日奈在浮遊城生活的兩年裡所接觸、感覺、得到以及失去的全都是不容質疑的「真實」。

這樣的話……

「……現實世界與假想世界的分別……到底在哪裡呢……」

無意識之中囁嚅出這個問題──

「情報量的多寡啊。」

結果旁邊馬上有人這麼回答，明日奈因此整個人輕輕跳了起來。

「哇、哇？」

急忙將視線往旁邊看去後，發現那裡有張正眨著眼睛的少年臉孔。

眼前的少年有著略長的瀏海，以及纖細中帶著一點敏銳的容貌。身上穿著沒有圖案的黑色毛線T恤以及黑色皮外套，下半身則是一條褪色的牛仔褲。

由於這副模樣與他過去所使用的角色實在太過相像，讓人覺得看不見他背後的長劍劍柄是件很不自然的事情。明日奈用深呼吸溶化自己心底深處湧起的甜蜜痛楚，然後笑著這麼說道：

「……嚇我一跳。怎麼突然就出現了，你是用了轉移水晶嗎？」

結果少年──桐谷和人臉上露出了一個明顯的苦笑。

「哪有突然出現。我只是準時在約好的地點出現而已吧。」

「咦……」

聽他這麼一說之後，明日奈才看了一下四周圍的環境。

眼裡映入午後柔和陽光照耀之下的步道以及閃閃發亮的壕溝水面。不遠前方的橋連結著戒備森嚴的大門。這裡確實是和人指定的皇居大門前面。自己一邊想著事情一邊向前走，不知不覺間就來到目的地了。

明日奈臉上的微笑變成不好意思的笑容，輕輕聳了聳肩然後說：

「啊哈哈，我怎麼好像進入自動操縱狀態了。嗯……還是要先打聲招呼……午安啊，桐人。」

「這樣太危險了吧，現實世界裡可沒有導航機能唷。午安啊……亞絲娜。」

互相打過招呼後，和人忽然間瞇起黑色眼睛，一直盯著明日奈。

「怎……怎麼了，為什麼突然……」

覺得自己是不是有哪裡不對勁的明日奈將雙臂在身體前面重疊起來這麼問道。結果和人急忙搖頭，然後吞吞吐吐的說：

「啊，沒有啦，那個……就覺得這身衣服很適合妳，讓人回想起以前的日子……」

「咦……？」

明日奈不由得低頭看了一下自己的服裝，兩秒鐘之後她就明白桐人所說的意思了。

今天是她今年冬天第一次穿上大衣。而那是一件白色的粗花呢大衣。大衣下面則是象牙色的毛線衫與紅色菱形圖案的裙子。

換言之整體色彩都是過去公會「血盟騎士團」的指定顏色。現在回想起來，在艾恩葛朗特裡時，她幾乎每天都穿著紅色與白色構成的騎士服。和人應該是想起那時候的事情了吧。

用指尖碰了一下自己左腰附近後，明日奈再度微笑著說道：

「……是啊，不過沒有細劍就是了……說起來——桐人你今天也是穿得一身黑啊。」

明日奈這麼一說，和人也不好意思的笑著回答：

「我也沒有雙劍。哎呀……平常總是特別注意不要上下同時穿黑色的衣服，但今天早上小直把我的衣服全拿去洗了，所以只剩下這兩件。」

「因為累積了一大堆衣服不洗才會有這種下場。」

她說完後便往和人的肩膀戳了一下，接著更將手繞上和人的手臂。

「那今天我們兩個人偶然都穿上『那時候的顏色』。這實在太巧了。」

明日奈看著和人那離自己稍微高一點位置的眼睛這麼說道，結果他乾咳了幾聲後以不帶感情的聲音回答：

「哎呀，一年裡時常見面的話，總是會有這麼一天的嘛。」

「真是的，這種時候只要說『就是啊』不就好了嗎！」

輕輕嘟起嘴之後，明日奈拉了一下穿著皮衣的手臂。

「快點走吧，不要一直站在這裡說話。天色馬上就要變暗了。」

「嗯、嗯……」

明日奈緊貼在點頭的和人身邊，然後兩人開始走過壕溝上面的橋。

老早就開始下山的朱紅色夕陽照著古意盎然的白色大門，並在橋上投射出一道漆黑的影子。

雖然是禮拜天，但可能是季節不對的緣故吧，今天這裡幾乎見不到觀光客的身影。

經過穿著厚重大衣的警察身邊穿越大門後，他們在小小的售票亭拿取塑膠製入場券。銀色柵欄後面，是讓人完全不敢相信這裡是東京都心正中央的靜謐樹木群。

提出禮拜天到哪去走走的人是明日奈，而指定在「皇居大門前」相見的人則是和人。

皇居當然是不對外公開，但是壕溝內側被稱為「東御苑」的東北角每個禮拜固定有幾天會開放給一般人進入——其實明日奈在今天之前一直不知道有這麼回事，所以這當然也是她第一次到這裡來。當她走在寬廣又漂亮的步道上時，忽然又有種不可思議的感覺，於是她便問站在右邊的少年說道：

「……話說回來，你為什麼選在這裡見面呢？桐人你對歷史那麼有興趣嗎？」

「嗯，不是那樣啦。主要的理由嘛……是因為前陣子有點事被叫到這附近來……」

和人瞬間像是想起什麼事情般地用鼻子輕哼了一聲，但馬上就又恢復成原來平穩的笑容然後說：

「這件事我等一下會跟妳說。先別談這個，妳不覺得皇居是個很有趣的地方嗎？」

「……有趣？哪邊有趣了？」

明日奈眨了眨眼後，和人穿著皮衣的手臂便動了起來，他指著周圍蒼鬱的森林說：

「這裡南北約兩公里，東西是一．五公里。與北之丸公園和外苑合起來的話面積足足有兩百三十萬平方公尺，這已經佔了千代田區的百分之二十。整體來說可是比梵蒂岡或是白金漢宮要大得多了，不過還是比不上凡爾賽宮就是了……而且不只是平面而已，這裡的地底下沒有任何地下鐵或是隧道經過，當然所有飛機也禁止飛過上空。也就是說這個地方是垂直貫穿過東京中央的巨大禁區。」

說完之後，明日奈試著在腦海裡描繪出東京的地圖。她左手手指一邊在空中旋轉著，一邊點頭表示同意。

「確實，都心的幹線道路大概都是環狀幾號線或是放射幾號線這樣的名字。它們的中心全都是這個地方吧……」

「對對對，也就是說東京不像京都那樣呈棋盤狀，而是一座呈同心圓狀的放射型都市。而且它的中心不只是物理上的禁區，連情報也完全被屏除在外。就像是舊ＡＬＯ的『世界樹』那樣……啊，抱歉。讓妳想起不愉快的經驗了。」

「不會，我不要緊的。」

過去曾經被囚禁在舊世界樹上很長一段時間的明日奈，搖了搖頭要和人不用在意後馬上接著問：

「物理上的禁止進入還能夠理解……什麼叫做情報上的禁區？」

「啊啊，那是因為……」

和人忽然迅速將視線往周圍的樹木上看去，接著以很小的動作指了幾個地方說：

「妳看，那裡和那裡都有監視器對吧？那套監視系統完全是與世隔絕的。這裡有著獨立的封閉網路，外界完全無法連線到裡面去。」

「這樣啊……話說回來，那些監視器的模樣確實很奇怪。」

和人手指的前方，可以見到上端有黑色球體的竿子豎立在那裡。它看起來的確不像監視器，而像個照明燈。

「我聽說這是實驗中的次世代保全技術……總之呢——……這個地方不但是東京的中心，同時也是被隔離的『異世界』……這麼說或許有些誇張就是了。」

「啊哈哈，確實有點誇張。」

當他們進行對話當中，步道繞過巨大的石壁變成相當傾斜的上坡。默默爬了一陣子之後，視界一下子變得相當寬敞。

眼前是一片幾乎看不清對面的大草皮。草地由於目前正是冬天而呈現枯萎的淺褐色，周圍樹木的葉子也幾乎都掉光了，但如果是春天的話，這兒一定是幅賞心悅目的景象吧。

「這裡就是江戶城的本城遺跡。常在古裝劇裡出現的後宮，好像就是在草皮稍微靠北邊的地方唷。」

「我們去看看吧！」

重新握好和人的手後，明日奈開始加快腳步。人影依然相當稀少，而且幾乎都是外國觀光客的樣子。途中他們與帶著一對可愛金髮姊妹的夫婦擦身而過時，忽然就被他們拜託幫忙拍照。和人很親切地答應了他們，結果外國人太太便笑著說「也幫你們拍一張吧」，於是他和明日奈便有些不好意思的排在一起拍了張照片。

用手機接收了相片檔之後，年幼的姊妹向他們揮手道別。看著在橘色夕陽中逐漸遠去的一家人，明日奈不知不覺間嘆了一口氣。

「……累了嗎？」

聽見和人這麼問之後，明日奈便輕輕瞪了他一眼。

「才—不—是—呢！我們將來，不知道能不能像他們……嗯……算了啦！」

不禁脫口而出的話讓明日奈的臉頰發熱，於是她開始往前跑去。

「喂喂，等等啊！」

與追上來的和人稍微比賽了一下後，馬上就來到一條將草皮分為南北兩部分的小路上。在分叉路口看見一張凳子後，兩人在上面坐了下來。

但明日奈依然把臉別到旁邊去，這時和人只好畏畏縮縮的開口說：

「嗯……那個……結衣一定會很高興有個妹妹的。」

聽見和人這直截了當的說法，明日奈雖然再度臉紅，但還是忍不住輕輕笑了出來。

「說、說得也是。」

「什麼嘛，這時候笑出來也太過分了吧……」

「啊哈哈，抱歉抱歉。不過如果結衣也能在現實世界裡和我們一起生活就好了……」

結衣是他們兩個在舊ＳＡＯ伺服器裡遇見的少女。她真實身分是玩家的精神狀況自動管理程式，也就是所謂的ＡＩ。而她把明日奈當成母親、把和人當成是父親看待。在艾恩葛朗特崩壞的時候，和人讓她的核心程式躲到自己的NERvGear裡而免於被消滅，現在她則是在和人房間裡特別為她準備的桌上型專用電腦裡過「生活」。

但是基本上只能在完全潛行環境下──也就是在ＡＬＯ裡面才能和結衣接觸。雖然現實世界裡使用手機也能和她通信，但因為電池容量的問題讓和人他們沒辦法「一直和她在一起」。沒錯，就算明日奈有多疼愛結衣這個女兒，而結衣又有多喜歡這個媽媽，兩個人之間還是一直存在著假想世界與現實世界的障壁……

這時和人忽然默默握緊明日奈的手。

「不要緊，總有一天，一定可以一起生活的。只要完全潛行技術更加進步，到時候擴增實境一定會更加普及。」

「嗯……一定……一定會的。」

「是啊。現實與假想的境界今後將會越來越曖昧。雖然現在還有情報量差異這個障壁在……」

聽見和人的話後，明日奈一邊深深點頭一邊用力回握他的手，但忽然又抬起臉來說道：

「話說回來，和人你剛才也說過這句話對吧。你說假想世界與現實世界最大的不同就是情報量的多寡。這究竟是怎麼回事？」

「嗯……」

和人的視線瞬間游移了一下，接著才又往兩人重疊放在板凳上的手看去。

「比如說在ALO裡面像這樣握手還是跟在現實世界裡有所不同對吧？」

聽他這麼一說，明日奈便將注意力集中在左手上。

像是手貼在一起時的手掌彈力、足以驅散冬天寒氣的體溫等，都是ALO的精靈虛擬角色之間也能有的觸感。但是那種皮膚吸在一起的黏著感以及掌紋的摩擦感，以及兩個人血液同步之後所傳出來的細微脈動，這些都是最尖端的完全潛行技術也無法重現的感覺。

「嗯……這倒是。真正的手可以有各種感覺……原來如此，這就是『情報量較多』的狀況嗎？」

「沒錯。但今後AmuSphere會越來越進化，最後連皮膚感覺與悸動也完全呈現出來時又怎麼樣呢？到時候光憑觸感還能分辨出是真正的手還是遊戲角色的手嗎？」

「可以唷。」

明日奈毫不考慮的回答看來出乎和人的意料之外，他只是眨了幾下眼睛而不知道該說些什麼。但明日奈凝視著他的臉並補上了一句話：

「桐人你的手的話就能分辨得出來。如果是別人的手可能就沒辦法了。」

一聽到這裡和人的手溫度稍微上升，整個人心跳也開始加速。明日奈露出「嚇到你了吧」的笑容，接著繼續說道：

「不只是觸感，還有像外表、聲音、口味、氣味等都還是現實世界裡的情報量比較多。所以……就算現在的AmuSphere裝上了擴增實境機能……」

「嗯嗯。在一見到或是觸碰到的瞬間，就能知道它是不是真的東西了。」

擴增實境機能也就是能在清醒狀態下使用AmuSphere，將現實的視覺、聽覺與數位情報結合起來。只要能實現這個技術，現行的桌上型ＰＣ與手機都將遭到淘汰。因為直接可以在視線當中表示出假想的操作畫面，可以立刻搜尋資料傳送郵件，甚至是在道路上加上導航或是顯示出人與物的情報標籤，可以說有無限多的用途。

現在ＲＥＣＴ這些主流情報機器製造公司努力研究當中的機體，仍然有身體的動作會造成電子脈衝波失焦或是必須額外附加大容量電池等許多問題，因此距離實用化還有很長一段距離。

「……可惜的是，有人表示現在的頭盔型機器沒辦法實現擴增實境的普及化。但是總有一天會找出技術的突破口才對，只要我們在現實世界裡也可以接收大容量的五感數位情報……或者不需要床與電源線就可以隨時進入完全潛行狀態……」

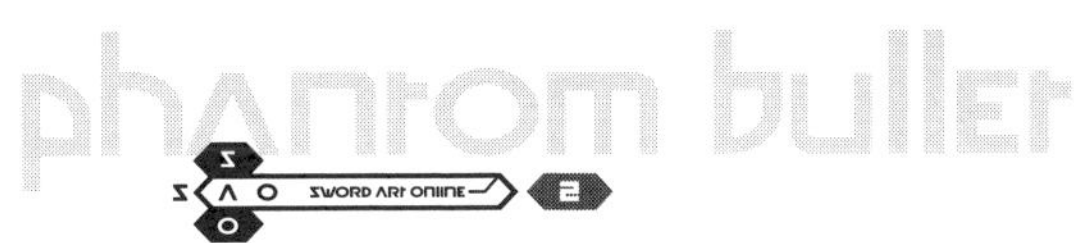

明日奈聽見和人的呢喃後點了點頭，然後接下去說：

「到時我們就能夠超越世界的障壁，永遠和結衣在一起了。那一天一定會來臨的……」

「嗯嗯，一定會的。」

過去在艾恩葛朗特第二十二層想起暫別的結衣時，他們兩人也曾說過與剛才類似的對話。注意到這件事的明日奈感到內心有一股暖流擴散開來，於是便將頭輕輕靠在身旁的和人右肩上。

當時那個會再和她見面的誓言在幾個月後便實現了。

所以剛才的那番話也一定會被實現才對。

接近冬至時的夕陽簡直像墜落般隱藏在西方的樹林後面。準備回巢的鳥群們飛舞在鮮紅天空之中。

數百年前眼前的廣大草皮上曾經有座城堡，而當時生活在裡面的人可能也同樣這麼看著夕陽吧。而經過數百年之後，又是誰會在這個被隔離在時間洪流之外的異世界看著紅色天空呢……

「…………啊啊…………」

明日奈忽然感到胸口充塞著一股鄉愁，於是輕輕地嘆了口氣。身旁的和人稍微往她看了一眼。兩人眼神交會之後微微一笑。

「我似乎可以了解你帶我來這裡的理由了。」

「咦……是、是嗎？」

「嗯。如果世界是由『時間』的直線與『空間』的平面所構成，那麼東京……也就是我們這個現實世界的中心無疑就是這個地方。然後……現在因為『The seed』而不斷擴張的假想世界，中心軸便是那座已經不存在的『城堡』。所以這種夕陽的景色才會這麼讓人懷念……」

聽完明日奈所說的話之後，和人眨了兩三次眼睛，接著露出大大的笑容。

「對哦……說得也是。其實我也沒有這麼具體的想法。只是……聽完明日奈剛才的發言之後，我了解到一件事。」

「咦，什麼事？」

「就是艾恩葛朗特的形狀啊。那種層基圓錐狀構造或許就是象徵著『時間軸與空間面』吧。」

明日奈考慮了一下之後也慢慢點了點頭。

「沒錯……或許真是那樣吧。但這樣的話，團長想要創造的世界將會越來越窄，最後整個凝聚起來並且消滅。不過他的預定卻在中途就被某個人引起的大爆炸所破壞了。」

「不、不好意思哦……副團長大人。」

兩個人同時默默笑了起來。幾秒鐘之後和人用力吸了口氣，然後就這樣握著明日奈的手由板凳上站了起來。

「那我們也該回去了。這裡五點就要閉園了。」

「嗯。下次也帶莉茲和莉法她們來吧。在那片草皮上吃便當感覺一定很不錯。」

「說得也是。等春天的時候吧。」

藉著和人的手站起來後，明日奈最後又抬頭看了一下往四方擴散的紅色天空。

這時她心裡有了想回家的念頭。這當然不是指位於現實世界世田谷區宮坂的結城家。而是兩個人在舊艾恩葛朗特第二十二層裡的那座「森林小屋」。

雖然那間小小木屋隨著浮遊城崩壞一起消滅了——但現在明日奈有個能讓胸口感到一陣溫暖的計畫。在這個計畫實現之前，在阿爾普海姆世界樹上的「世界樹城市」裡所租的房子，便是亞絲娜和桐人以及結衣的家。

兩人朝著北側的平川門出口走去，這時明日奈對著和人問道：

「你今天晚上能登入嗎？我想要跟結衣講講今天發生的事。」

「嗯嗯，可以啊。大概是晚上十點左右吧。」

笑著點了點頭之後，和人臉上突然出現了有些為難的表情。

「咦……你有什麼事嗎？」

「沒有什麼事啦。今天晚上是沒關係……那個……亞絲娜……我……」

難得和人會這樣吞吞吐吐，但他在猶豫了幾秒鐘之後，立刻講出讓明日奈嚇得心驚膽跳的話來。

「……我最近可能會將ＡＬＯ的『桐人』轉移到另一個遊戲裡去……」

「……咦、咦咦咦？」

可能是被明日奈的叫聲嚇到了吧，附近樹梢上有好幾隻鳥兒飛了起來。

3

薄暮。

低垂的雲層因為開始傾斜的太陽而染上一片黃色。

荒野上盡是岩石與黃砂，舊時代遺物的高層建築廢墟所留下來的影子慢慢拉長。如果再待機一個小時以上的話，就得考慮是不是要換成夜間戰鬥裝備了。

由於使用夜視鏡會削弱那種殺人或是被殺的緊張感，所以詩乃不是很喜歡這樣的戰鬥。蹲在水泥陰影下的詩乃嘆了口氣，內心期望目標的隊伍能在陽光消失之前趕快出現。其實現在和詩乃一起進行這鬱悶伏擊的五名同伴也跟她有一樣的想法。

一名在小組裡擔任前衛的成員像是要說出所有人心情般，將小口徑短機關槍放下來然後說道：

「真是的，到底要等到什麼時候嘛……喂……戴因啊，真的會來嗎？不會是假情報吧？」

那名叫做戴因的男人有著魁梧身材與粗獷臉孔，而他也是這個中隊的隊長。這時他一邊移動掛在肩上的大柄突擊步槍，一邊搔著頭說道：

「那些傢伙這三個禮拜幾乎每天在同一時間、同一條路線上進行狩獵。這可是我親自確認過的。今天確實是有點晚了，但一定是因為拚命打怪而延遲了吧。但這樣我們等一下也可以有更多的收穫，你就別抱怨了。」

「但是……」

擔任前衛的男人還是有些不滿的噘起嘴唇。

「今天的獵物是我們上個禮拜才襲擊過的傢伙對吧？有可能會因為警戒而更換路線啊……」

「距離我們上次襲擊已經過了六天了。那天之後他們還是一直到同一座練功場狩獵。因為他們是專門打怪的中隊……」

戴因的嘴角浮現嘲弄般的笑容。

「所以不論被襲擊幾次，也會覺得反正再打怪賺回來就好了。對我們這種對人中隊來說是再好不過的獵物了。我們可以再幹個兩、三票都沒問題。」

「但我還是沒辦法相信耶。一般被襲擊過一次之後都會想些對策的吧。」

「隔天或許會特別警戒，但馬上就會忘記了啦。因為練功場出怪的規律每天都是一樣。所以每天打怪的他們也就變得跟怪物一樣規律了。真是一群沒有自尊的傢伙。」

詩乃越聽越感到不愉快，原本就躲在圍巾裡的臉也就埋得更加深了。感情的起伏會讓扣下扳機的手指產生遲疑。就算知道這一點，但內心還是對裝出一副什麼都懂的戴因湧起一股不快感。

嘲笑一成不變狩獵著怪物的隊伍，對自己是ＰｖＰｅｒ（註：對人玩家）感到驕傲，但是這種不斷襲擊同一隊伍的行為似乎不會傷到他的自尊心。與其在這種中立練功場耗費好幾個小時，倒不如到地下遺跡的迷宮裡面與高等級中隊一戰還比較有收穫。

當然這麼做的話，一敗塗地然後掉裝備「死亡遺返」回到街上的機率也大為增加。但是戰鬥不就是這麼回事嗎？只有在這樣的緊張感當中，靈魂才能夠得到鍛鍊。

詩乃是在兩個禮拜前被邀請加入戴因所率領的這隻中隊。但一參加之後她馬上就後悔了。雖然對詩乃宣稱他們是以對人為主的隊伍，但卻是個只攻擊戰力比自己低許多的隊伍，只要稍微有一丁點危機馬上就撤退，以安全為第一目標的集團。

但是詩乃到目前為止完全沒對中隊的方針提出批評，她只是默默地按照戴因的指示扣下扳機。當然她不是為了顯示出自己多有忠誠心。哪一天在戰場上面對戴因時，詩乃會依照目前取得的情報來判斷他的思考與行動，然後將必殺的一發子彈送入他眉間。

雖然很討厭他這種性格，但這個在上一次Bullet of Bullets裡得到第十八名的男人，無論是能力或是肩上那把稀有「ＳＩＧ・ＳＧ５５０」突擊步槍所發射的五・五毫米彈威力都確實讓人不能小覷。所以現在只要閉上嘴巴，睜大眼睛觀察戴因在毫無警戒下所透露出來的情報。

這時戴因繼續這麼說道：

「說起來……那些為了狩獵怪物而盡買些光學槍的傢伙，不可能馬上就每個人都準備好對人用的實彈槍吧。最多就是其中一個人準備多了一隻支援的火力而已。為了把那個傢伙幹掉，我今天特別要詩乃把狙擊槍給帶來了。這次作戰可以說完全沒有死角。妳說對吧，詩乃？」

面對這忽然拋過來的話題，詩乃埋在圍巾裡的臉只是微微點了一下。但她還是緊閉著嘴巴，顯示出沒有意思加入談論當中的態度。

戴因像是感到沒趣般用鼻子哼了一聲，但擔任攻擊手的傢伙卻對詩乃咧嘴一笑然後說道：

「這倒是真的。只要有詩乃的遠距離狙擊，我們就一定佔優勢了。倒是詩乃啊——」

攻擊手臉上浮現鬆弛的笑容，但他還是趴在地上注意不讓自己跑到掩蔽物陰影外面去。他就這樣慢慢來到詩乃身邊然後說：

「今天攻擊完之後妳有空嗎？我也想要提升狙擊技能，想說能不能請教妳一些問題呢……要不要去哪裡喝個茶？」

詩乃迅速看了一下男人掛在腰間的武器。這男人的主要武器是實彈系短機關槍「H&K・UMP」。他似乎是屬於AGI型，正面戰鬥的迴避力算相當高，但無論是等級或是裝備都不是需要特別注意的對手。花了一些時間想起對方的名字後，詩乃輕輕低下頭說：

「抱歉……銀狼先生。我今天真實世界裡有點事……」

與現實世界裡完全不像的清澈可愛聲音響起，同時也讓詩乃心裡覺得很不高興。就是這個原因讓她不喜歡說話。那名叫做銀狼的男性即使馬上就被拒絕，臉上也還是掛著軟綿綿的笑容。一部分男性玩家光是聽到詩乃的聲音便會出現這種表情。一想到這裡就讓詩乃有種不寒而慄的感覺。

首度投身於這個ＶＲＭＭＯ—ＲＰＧ「Gun Gale Online」時，原本希望能夠選一個粗獷男性的外型。但她馬上就被告知這款遊戲沒辦法創造出與自己性別相反的遊戲角色，於是只好退而求其次，希望能夠變成一個高大魁梧、像個士兵一樣的女孩。

但是隨機選取所生成的卻是一個嬌小纖細，簡直像個洋娃娃般的少女。雖然馬上考慮要放棄這個帳號然後重新創造一個角色，但邀請詩乃加入這個世界的朋友卻強硬地對她說「太可惜了！」並要她別放棄。之後隨著越來越熟練，這個角色的等級也提升到無法回頭的程度了。

因此她時常會遇見像這樣讓人十分困擾的邀請。對純粹只是想戰鬥的詩乃而言，這只會讓她感到相當憂悶而已。

「這樣啊——詩乃在真實世界裡還是學生對吧？是大學生嗎？難道說是要寫報告？」

「……嗯……算是吧……」

總覺得有一次在登出之前不小心提到學校，接下來的邀約就變得更加難纏了。所以現在就算殺了她也不想說出其實自己是高中生。

結果，至今為止一直蹲在地上操縱著數值視窗的另外兩名前衛玩家，馬上就像要牽制銀狼般慢慢靠了過來。灰色鏡片護目鏡上垂下綠色前髮的男人開口說道：

「銀狼啊，你這樣造成詩乃的困擾了吧。遊戲裡是不能提到現實世界裡的事情唷。」

「對啊對啊。就算你在現實世界和這裡都是單身也一樣。」

另一名斜戴著迷彩頭盔的男人笑著說完之後，銀狼便用拳頭在他們兩個頭上邊轉然後邊反擊道：

「還敢說我，你們兩個不也遠離春天很久了嗎！」

在哈哈笑著的三個人身邊，詩乃一邊將身體縮得更小一邊感到非常不可思議。

既然玩遊戲的主要目的是要與其他玩家對戰，那麼在待機當中應該還有集中精神或是檢查裝備這些有意義的打發時間方式，如果想利用轉換錢幣系統來賺取電子貨幣，那倒不如去加入專門打怪的中隊還比較好。又如果是想要認識異性的話，根本不用選擇這種單調且充滿殺伐之氣的世界，其他應該也有固定性別又浪漫美麗，裡面還有許多女性玩家的遊戲才對吧。他們到底是為了什麼目的而來到這個世界的呢？

詩乃再度將臉深深埋進圍巾裡後，開始用左手指尖撫摸著架設旁邊在腳架上的大型狙擊槍槍身。

——總有一天我會用這把槍將你們的角色轟飛。看你們之後是不是還能像這樣笑著對我搭話！

在心底深處這麼嚅囁完之後，焦躁的心情就像是被冰冷的酒桶吸進去般慢慢沉靜了下來。

「過來囉——」

當用望遠鏡從快倒下來的水泥牆洞穴裡不斷搜尋著敵人的最後一名成員講出這句話時，已經是又過了二十分鐘之後的事情了。

三名前衛以及戴因的講話聲嘎然中止，現場立刻充滿了緊張的空氣。

詩乃瞄了一下天空。她發現黃色雲層雖然已經逐漸轉紅，但光線仍然相當充足。

「終於出現了嗎……」

戴因低聲說完之後半蹲著移動到牆邊，從負責監視的隊員那接過望遠鏡。接著透過同一個洞口確認著敵人的戰力。

「……確實是那群傢伙。七個……比上禮拜多了一個人。拿著光學雷射槍的前衛有四個人。還有一個拿著大口徑雷射衝鋒槍。加上……唉唷，有個傢伙拿著『ＭＩＮＩＭＩ』。他上週還拿著光學槍，應該是急忙換成實彈槍了吧。這傢伙應該就是狙擊的目標了。最後一個人……罩著披風所以看不見武裝……」

聽見他這麼說之後詩乃便採取伏射姿勢，將自己的臉靠近狙擊槍的高倍率瞄準鏡。

詩乃他們的六人中隊是潛伏在建立於高台上的前文明遺跡當中。斑駁不堪的水泥牆與鋼筋剛好成為他們掩蔽物，可以說是最適合監視前方廣大荒野的地形。

詩乃再度抬起頭看著天空，確認過自己沒有處於假想太陽會造成鏡片反射的位置上後，她便將瞄準鏡的前後可掀式護罩掀了起來。

直接將右眼靠在鏡片上後，設定為最小倍率的視野可以看見幾個移動中的小點。詩乃用指尖調節了一下倍率轉盤，每當輕微的聲音響起，原本像芝麻大的黑點便越來越大，最後變成七名玩家的模樣。

正如戴因所說，當中有四個人拿著光學系突擊槍，其中兩個人還頻繁地利用望遠鏡警戒著四周圍環境。但是除非他們裡面有人擁有相當高等級的搜敵技能，否則幾乎是沒辦法發現詩乃他們的埋伏。

兩名掛著大型槍械的成員走在集團中間。其中一名拿的是半自動的光學雷射衝鋒槍，另一名則是實彈系輕機關槍「FN．MINIMI」。這是款在現實世界裡日本自衛隊也加以採用的優秀分隊支援火力。由於光學槍的攻擊力有一半以上會被防護罩抵消，所以對詩乃他們來說MINIMI的威脅性當然要高多了。

這款「Gun Gale Online」裡登場的武器可以分為實彈槍與光學槍兩種。

實彈槍的好處是每發子彈都帶有很大的殺傷力，同時具有貫穿防護罩的能力。但缺點就是得帶上好幾個笨重又佔空間的彈匣，而且彈道很容易受到風吹或是溼度的影響。

相對的光學槍的好處便是槍枝本上相當輕，而且射程遠命中度又高。另外裝在彈倉裡的能源盒也相當輕巧，但缺點是遇上名為「防護罩」的玩家用防具後威力便會減弱。

因此對付怪物時用光學槍，對抗玩家時用實彈槍已經是遊戲內的定律，但這兩大類的槍械除了在性能面之外，在其他方面也有很大的差異。

那就是光學槍都是使用虛構的名稱與造型，而實彈槍則是將現實世界裡真正存在的槍械直接在遊戲裡登場。

因此ＧＧＯ玩家裡面便有許多像戴因與銀狼這樣的槍械愛好者身邊時常帶著實彈槍，只有在打怪的時候才會切換成光學槍。

現在貼在詩乃臉頰上的狙擊槍也是屬於實彈系的槍械。但是詩乃在來到這個世界之前可以說是對槍械一無所知。雖然為了要玩遊戲所以已經把這些槍的名字當成道具背下來，但現實世界裡的她絕對沒有因此而對槍械產生興趣。她除了認為這世界裡幾近無限的槍械都只不過是３Ｄ物件之外，也討厭在現實世界裡看見槍械。

她只是在這個殺戮世界裡拚命地以假想的子彈摧毀假想的敵人。直到內心變得像石頭般堅硬、血液像冰塊般凍結為止。

為了達到這個目的，詩乃今天也將在這個世界裡扣下扳機。

甩開多餘的思考後，詩乃稍微動了一下狙擊槍。敵人隊伍的最後方有一名以巨大護目鏡遮住容貌，身上披著迷彩披風的玩家正在往前移動著。正如戴因所說，完全看不見這個人身上的裝備。

那是一名相當魁梧的大漢。背上像背著登山背包般讓整條披風誇張地鼓了起來。但從衣角可以見到他的雙手都沒有拿武器。他掛在腰間的最多也大概是短機關槍等級的武器而已吧。

「你說臉被披風遮住了嗎？」

從背後傳來銀狼的聲音。雖然他是想要開玩笑，但還是聽得出他聲音裡帶著略為緊張的心情。

「不會是那個傢伙吧？那個傳說中的……『death gun』！」

「哈，那根本是假的吧。」

戴因馬上笑著回答道。

「而且人家說死槍是穿著吉利服的瘦小男性唷？眼前那傢伙可是相當高大。至少有兩公尺那麼高吧。應該是……超級ＳＴＲ型的搬運工吧。背上的東西應該是賺來的道具或是彈藥、能源盒之類的。我想他身上沒什麼大不了的武裝，戰鬥時可以無視他的存在。」

詩乃一邊聽著戴因這麼說，一邊由瞄準鏡裡緊盯著那麼男人看。

龐大的裝甲護目鏡讓人看不見他臉上的表情，整張臉只有嘴角露在外面。男人的嘴唇緊閉在一起，可以說完全沒有任何動靜。其他成員雖然也在警戒當中，但時常可以見到因為閒聊而露出的雪白牙齒，只有走在隊伍最後面的男人從頭到尾沒有說過半句話。他只是默默跨出極為整齊的腳步。

詩乃半年來在ＧＧＯ裡培養出來的直覺告訴她，這個男人的威脅性遠超過那個拿著ＭＩＮＩＭＩ的成員。但除了背部的登山背包之外，他的披風便沒有什麼特別顯眼的隆起了。會不會是藏著什麼小型但威力驚人的稀有武器呢？但也只有光學槍才有這種類型的武器，而那在對人戰鬥裡面沒有辦法成為決定勝負的力量。這麼說從這男人身上感到的壓力只是自己的錯覺而已嗎……

猶豫了一陣子後，詩乃還是小聲說道：

「我覺得那個男人不太對勁。我想把最初的狙擊目標換成那個男人。」

戴因的臉從望遠鏡上離開之後，揚起眉毛看著詩乃說：

「為什麼？他身上沒什麼大不了的武裝。」

「雖然沒有根據……但是他身上的不確定要素讓我相當在意。」

「要這麼說的話，那把ＭＩＮＩＭＩ才是真正的不安要素吧。被他纏住時雷射槍又接近過來的話就不妙了。」

就算防護罩能有效抵擋光學槍的攻擊，但效果卻會因為敵我之間距離縮短而減弱。在至近

距離互相射擊時，還是有可能會輸給彈匣平均彈數較多的雷射槍。這時詩乃只好捨棄自己的主張，點了點頭並開口說道：

「我知道了……第一目標還是放在ＭＩＮＩＭＩ身上。可能的話第二發將瞄準那個披風男。」

詩乃雖然這麼說，但只有在敵人還沒有發現射手的狀態下，第一發狙擊彈才能發揮出效果。發射地點遭到確認之後，敵人便能看見狙擊槍的「彈道預測線」，接下來的子彈將會輕易地被人躲過。

「喂，沒有時間繼續說話了。距離只剩下兩千五百公尺。」

擔任索敵的男人用從戴因那拿回來的望遠鏡看了一眼後這麼說道。戴因點了點頭，接著轉頭對身後的三名攻擊手說：

「好……一切就按照作戰計畫進行，我們前進到正面大樓的陰影處等待敵人吧。詩乃——我們開始行動後就看不見那些傢伙了，如果情況有什麼變化就通知我們。我會指示妳狙擊的時機。」

「了解。」

簡短回答完後，詩乃便再度將右眼放回瞄準鏡上。目標的隊伍還是以略為緩慢的速度在荒野中前進，目前看不出有什麼異狀。

他們與詩乃之間隔著二．五公里寬的荒野。中央靠近詩乃他們中隊的位置上聳立著一座巨大的高樓遺跡。戴因他們五個人便是利用它進入目標隊伍的死角，然後準備一口氣發動強襲作戰。

「好──開始行動吧。」

聽見戴因簡短的命令之後，除了詩乃之外的成員都回應了一聲。他們留下軍靴踩著碎石地的聲音後，由高台後方滑了下去。等到夕陽下的風將他們的腳步聲帶走之後，詩乃由脖子上的圍巾底下拿出一組小型耳機並將它裝在左耳上。

從現在起的數分鐘裡，詩乃必須獨自一個人持續與身為狙擊手的壓力與孤獨戰鬥。自己發射出來的一顆子彈將對今後的戰局產生重大影響。能依靠的就只有自己的手指與不發一言的狙擊槍而已。詩乃的左手滑過架在腳架上的巨大槍身。黑色金屬將冰冷的沉默傳遞到她身上。

詩乃之所以會在這個世界裡成為少數還算知名的狙擊手玩家，其實這把實彈槍占有很大的原因。

它的名字是「ＰＧＭ．Ultima Ratio Hecate II」。它是把全長一百三十八公分，重量達十三．八公斤的巨大槍械，使用五十口徑，也就是直徑十二．七毫米的巨大子彈。

聽說它在現實世界裡被歸類為反物質狙擊槍。也就是以貫穿車輛與建築物為目的的槍械。由於威力實在太過於強大，所以依據某種名字一大串的條約來禁止在對人狙擊時使用。但是這個世界裡面當然沒有這種條約。

詩乃是在三個月前，開始可以算是ＧＧＯ資深玩家時得到這把狙擊槍的。

當時詩乃隨性地一個人潛入延伸在首都ＳＢＣ格洛肯地底下的廣大迷宮裡，但卻一個不小心觸發了坑道陷阱。「Gun Gale Online」的舞台是設定在過去因為大戰而文明毀滅殆盡的地球上，而玩家們便是參加移民太空船團回到地球上的人們。格洛肯這座城市原本是太空船，它的地下有在過去大戰中崩壞的巨大都市沉睡著。都市遺跡裡有無數的自動戰鬥機械以及遭受基因改造的怪物蠢動著，等待夢想一獲千金的玩家們前來冒險。而詩乃就是掉落到最危險的迷宮深處。

當然那不是一個人就能夠脫出的地點。做好一遭遇怪物馬上就會落敗然後「死亡遣返」回到存檔地點的覺悟後，詩乃開始謹慎地在迷宮裡前進。這時她眼前突然出現一座像是廣大運動場的圓形空間，還有一隻像是異形般的怪物躲在裡面。

由體型以及名字可以判斷出這應該是屬於魔王等級的怪物，但詩乃過去在任何網站上都沒見過牠的模樣。當注意到這一點時，詩乃心裡那些微的遊戲玩家魂便開始燃燒起來了。心裡想著「反正不過一死，就跟這傢伙大戰一場吧」的詩乃躲進運動場上方的排氣孔裡，接著將來福槍對準了怪物。

但是戰鬥卻有了出乎意料意之外的發展。魔王級怪物雖然擁有熱線、鉤爪、有毒瓦斯等多種攻擊手段，但每一種都以些微之差而無法攻擊到詩乃。話雖如此，由於怪物所在位置也幾乎在詩乃來福槍的攻擊範圍邊緣，所以她也僅能對怪物進行相當微弱的攻擊。依照身上所攜帶的子彈數量來判斷，她得將身上所有子彈都擊中怪物的弱點——也就是額頭上的小眼睛才有獲勝的機會。

而詩乃便靠著如冰塊般的冷靜與集中力完成了這項任務。當怪物終於被打倒，多邊形巨大身軀爆散開來時，已經是戰鬥開始三小時以後的事情了。

從這隻魔王級怪物身上所掉下來的，是一把從來沒見過的巨大狙擊槍。ＮＰＣ或是玩家的工作室在遊戲設定上沒辦法製造出強力的實彈槍，而在街上販賣的僅是一部分低威力的槍械，所以想要中等以上的武器就只有自己到遺跡裡去挖掘一途。詩乃入手的狙擊槍——「Ultima Ratio Hecate Ⅱ」在能挖掘出來的武器當中算是最為稀有的一種。

據說目前伺服器裡面被冠上反物質狙擊槍名稱的槍械，包含詩乃的黑卡蒂Ⅱ（Hecate Ⅱ）在內也不過只有十把而已。之前拍賣會裡出現的該類型槍械賣出了遊戲內貨幣二十Ｍ點數，也就是有兩千萬的價值。而電子貨幣轉換系統的匯率是一百比一，所以兌換過來之後可以得到日幣二十萬元這樣的巨大金額。

詩乃在現實世界裡是自己一個人過生活的高中生，每個月都得用家裡送來的微薄生活費過日子，所以當她知道這把槍的價值之後真的感到非常猶豫。最近她才好不容易能賺到每個月連線費用的一半——也就是一千五百日幣，但即使如此還是有一半得用上自己的零用錢。不過要是再多花一點時間在遊戲上面的話，自己的成績可能就很難維持下去了。但只要有這二十萬日幣，扣除至今為止用掉的連線費用後還是可以算大賺了一筆。

但詩乃最後還是沒有將這把槍賣掉。她進入ＧＧＯ的目的不是為了賺錢，只是為了打倒所有比自己還強的玩家並藉此來克服自己的弱點而已。何況這是她首次對單單只是道具的槍械有了「心靈相通」的感覺。

黑卡蒂Ⅱ因為擁有巨大的槍體與重量，所以在設定上需要相當高的ＳＴＲ值，但身為狙擊手的詩乃已經將ＳＴＲ值提升得比ＡＧＩ值要高，所以有驚無險的得以裝備上這把武器。當詩乃首次帶著這把武器上戰場，透過瞄準器看見敵人時，她由手裡這沉重又冰冷的鐵塊上感到了力量以及意志。它擁有渴求殺戮與死亡的冷酷靈魂。而詩乃夢寐以求的便是這種不屈服於任何人、不產生任何動搖也絕不流一滴眼淚的形象。

過了一陣子之後，詩乃才知道「Ｈｅｃａｔｅ」是取名自希臘神話裡掌管冥界的女神。這時她便決定以它作為自己最初同時也是最後的夥伴。

瞄準鏡中的目標隊伍不斷向前移動。

抬起臉直接往荒野裡看去之後，馬上可以發現戴因他們五個人正往夾在中間的崩塌大樓前進。兩個集團間的距離已經縮短到七百公尺左右。詩乃再度將右眼貼在瞄準器上，接著只要等候戴因的指示就可以了。

數十秒之後，由耳機裡傳來帶有雜音的講話聲。

『準備發動攻擊——』

「了解。敵人的路線以及速度都沒有改變。與你們距離四百公尺。距離我大概一千五百公尺。」

『距離還很遠。妳沒問題吧？』

聽見戴因的問題後，詩乃冷冷地回答「沒問題」。

『好……那開始狙擊。』

「了解。」

簡短對話之後詩乃閉起嘴巴，右手食指靜靜往大大的扳機護圈摸去。

瞄準器的視野裡可以見到肩上扛著ＭＩＮＩＭＩ的第一目標正一邊說話一邊向前進。

在上週的戰鬥中，詩乃不是擔任狙擊手，而是裝備突擊步槍負責直接支援的任務，所以曾在近距離下見過這個男人的臉孔，但他卻沒在詩乃記憶中留下任何印象。不過由可以裝備支援火力這點就能知道他的等級相當高。

詩乃一邊抑制忽然加速起來的心跳，一邊移動瞄準鏡裡的十字線。考慮過距離、風向以及目標的移動速度之後將槍身往左上方移動一公尺以上後固定下來，接著移動食指觸碰扳機本體。

這時候詩乃視線裡馬上出現發出淺灰色光芒的半透明圓形。週期性緩緩改變直徑大小的圓形以男性胸部為中心，一直擴展到他的膝蓋為止。這是只出現在詩乃視線裡的攻擊性輔助系統，也就是所謂的「著彈預測圓」。被發射出去的子彈將會亂數命中圓內側的某個部位。現在圓的面積大概只有三成左右覆蓋到男人的身體，也就是命中率只有百分之三十的意思。而且就算黑卡蒂II擁有絕大的威力，只擊中對方的手臂或是腳部這些末端部位也是無法讓敵人立刻死亡，所以一擊必殺的機率也會下降。

這個著彈預測圓的大小是根據與目標之間的距離、槍的性能、天氣、光量、技能・能力值等要素來產生變動，但當中重要的指標還是狙擊手心臟的鼓動。

AmuSphere能夠接收現實世界躺在床上的玩家心跳，然後將檔案傳送到遊戲系統當中。心臟跳動的瞬間正是圓形擴展到最大範圍的時刻。接著圓形將會慢慢縮小，然後在下次跳動時再度伸展。也就是說要提升命中率的話，就必須要在心臟跳動的低點時進行狙擊。

但是放鬆狀態下每分鐘六十次——也就是每秒一次左右的平穩心跳通常在狙擊時會因為緊張而上升兩倍以上的速度，此時圓形也會跟著產生劇烈的縮放運動。在這種狀況下根本無法在脈搏的低點進行狙擊。

這就是ＧＧＯ裡狙擊手相當少的最大原因。

因為實在太難命中目標了。狙擊時的緊張心情根本無法控制。當然接近戰時也會因為心跳加快而讓預測圓產生震動，但只要距離接近還是能夠擊中目標。如果使用的武器是全自動小型輕機槍或是突擊步槍就更不用說了。但是距離超過一千公尺的遠距離狙擊通常預測圓都會擴展到超過人的身高好幾倍。現在詩乃視線裡所顯示出來的圓形命中率有三成已經可以算是奇蹟了。

但是──

詩乃在心裡這麼囁嚅道：

這種壓力、不安與恐怖又算得了什麼。距離一千五百？這根本像把紙團丟進垃圾筒那麼簡單。沒錯──

跟那時候比起來的話……

她的頭腦裡開始降下一團冷氣。心臟的鼓動奇蹟似的平靜下來。

──冰塊。我是由寒冷冰塊所製成的機械。

著彈圓的圓週變動速度瞬間緩了下來。同時詩乃的感覺也開始往外擴張，她可以確認圓形縮成最小的那一瞬間。

一……二……當第三次收縮的圓形集中在扛著ＭＩＮＩＭＩ男人的心臟上那一瞬間，詩乃

立刻扣下了扳機。

宛若雷鳴般的咆哮震動了整個世界。

由設置在黑卡蒂II槍口的防火帽爆發出巨大火花，發射出去的子彈超越槍聲後直接向前突進。原本整隻狙擊槍以及詩乃的身體都將因為後座力而向後彈去，但她馬上用緊踏住地面的雙腳抵消這股力道。

瞄準線對面的那個男人或許是注意到發射時的火花了吧，只見他忽然抬起頭來。他的視線因此和看著瞄準鏡的詩乃互相交錯——

下一瞬間，男人開始由胸口到肩膀，最後連頭部都變成極小物體並開始粉碎與消滅。遲了一會之後，剩下來的身體部分也像被敲碎的玻璃雕像般四處飛散。倒楣的是他肩上的超高價輕機關槍似乎就是亂數掉裝備的對象，可以見到它當場就滾落在沙地上。當這名男人重新復活回到街上時，一定得花上一番功夫才能由遭到一擊殺害以及掉寶的雙重打擊中恢復過來吧。

無情地確認過這些事情後，詩乃的右手自動動了起來，她直接拉下黑卡蒂II的槍栓。巨大彈藥筒隨著金屬聲退了出來，掉在旁邊的岩石上後消失無蹤。

在裝填下一發子彈的同時，詩乃也微微將狙擊槍往右邊移動，這是為了將第二目標的巨漢收進瞄準鏡內。這時男人覆蓋在護目鏡下的臉孔已經朝詩乃這邊看了過來。詩乃將準星瞄準他身體略為上方的部位，手指再度放在扳機上。綠色的著彈預測圓再次出現，接著馬上就往一點收縮。

從發射第一發子彈到現在不過三秒鐘的時間。如果是半自動狙擊槍的話就可以連射，但是單發的黑卡蒂Ⅱ沒有這種性能。只不過一般玩家在發現自己同伴的身體忽然粉碎時必定會感到驚訝與僵硬，而要在這種狀態下重新振作起精神找出狙擊點並準備迴避，至少也需要五秒鐘的時間。原本覺得趁著這陣混亂，第二次狙擊應該也有成功的可能性——

但是披風男絲毫沒有露出慌張的模樣，反而從大型護目鏡深處筆直凝視著詩乃。這傢伙果然是老手，詩乃心裡一邊想著他一定是個相當知名的玩家，一邊直接扣下扳機。

這時候男人的視線裡，已經可以見到一條淡紅色半透明的光線，而那便是由即將襲擊自己的子彈所畫出的「彈道預測線」。這是遊戲在槍擊戰鬥裡面為了增加緊張感所採用的守備性輔助系統。只要是擁有高人一等的反射神經與ＡＧＩ值，而且心臟也比別人大顆的玩家，就能輕易躲過半數以上從五十公尺處發射出來的衝鋒槍子彈。

狙擊手這個職業最大的優勢，就是對方眼裡看不出最初一發子彈的預測線。但是詩乃已經攻擊過一次而暴露出自己的位置，所以目前已經不再有這種優勢了。

爆炸聲再度響起。由詩乃指尖發射出來的冷酷黑卡蒂Ⅱ子彈，就像「死亡」結晶般撕裂淡黃色空氣直接往敵人飛去。

但正如詩乃所想，男人冷靜地向右跨出一大步。緊接著十二．七毫米彈便直接貫穿距離那

巨大身體一公尺外的空間。遙遠後方的荒野上原本有一塊突出來的水泥牆，上面立刻就出現一個圓洞。

詩乃的右手無意識中繼續行動，馬上就裝填好下一發子彈，但回到握把上的指尖卻沒打算扣下扳機。

因為繼續狙擊下去也沒用了。如果一定要繼續的話就只有移動位置，躲到男人的視線之外，然後靜候六十秒讓方位情報重新設定。但那時候這場戰鬥應該已經大勢底定。詩乃依然看著瞄準鏡，直接對著嘴邊的受話器說：

「第一目標成功。第二目標失敗。」

戴因馬上就有了回應。

『了解。攻擊開始。ＧＯＧＯＧＯ……！』

耳機內稍微可以聽見戴因往地上一踢後衝出去的「沙沙！」聲。此時詩乃才將憋在嘴裡的一口氣輕輕吐了出來。

她的任務就到此結束。由於黑卡蒂Ⅱ是極為稀有的槍械，所以背著它參加正面戰鬥而死亡掉寶的話，那真可以說是損失慘重。戴因也告訴她狙擊行動結束之後只要待機就可以。第二次攻擊失敗雖然多少讓人有點牽掛，但接下來就只能祈禱「不祥的預感」只是自己的杞人憂天了。

詩乃一邊這麼想一邊再度移動狙擊槍，調降瞄準鏡的倍率將敵人隊伍全部納入視線當中。四名前衛急忙躲進附近的岩石與水泥牆等掩蔽物後面，而更後方帶著大型雷射衝鋒槍的後衛與那名披風男則是——

「啊……！」

詩乃不由得叫了出來。而這時巨漢正舉起雙臂，將迷彩披風從身上扯了下來。

男人的兩手上與腰間都沒有武器。

而他背上那原本以為是搬運道具用背包的物體這時候也整個露了出來。

一條彎曲的金屬棒橫跨他強壯的肩膀。而像懸掛著般著裝在他身上的是某種粗中帶細的金屬製品。

那是被Ｙ字型支撐框架所包圍的圓筒型機關部。上面還有相當粗的手把突出來，而下方則伸出束在一起的六根槍管。每根的長度都在一公尺以上。

裝設在機關部上的彈帶還與同樣吊在金屬棒上的大容量彈倉互相連結著。

詩乃過去曾一度在ＧＧＯ情報網站的武器名鑑上看過見這把槍械過於巨大且猙獰的外貌。它的名字確實是「ＧＥ・Ｍ１３４迷你砲機槍」。在武器中屬於重機關槍的一種。是在Gun Gale Online登場的最大型槍械之一。六管槍身可以邊高速迴轉邊進行裝填・發射・退匣等動作，所以足夠以一秒鐘百發這種瘋狂的速度發射七・六二毫米彈，真可以說是宛若惡夢般的槍械——不，應該可以說是兵器了。

當然它本身的重量也相當驚人。光是本體就要十八公斤，如果再加上那些大量的彈藥應該就超過四十公斤了吧。就算再怎麼強化ＳＴＲ的玩家也無法在重量限制下裝備上這把武器。所以在過重狀態下的移動當然得付出代價。

那隻隊伍移動速度之所以會那麼緩慢，不是狩獵延遲了時間。而是因為那就是巨漢盡全力之下的最快移動速度了。

詩乃帶著驚訝的心情看著瞄準鏡，在她視線中央的巨漢將右手繞到背後去直接握住機槍的握把。巨大機關槍順暢地從金屬棒上橫移過來，在男人身體的右側前方來了個九十度迴轉。巨漢張開雙腳，做出將六管槍身由正面推出來的姿勢後——護目鏡下方的嘴巴才首次動了起來，他露出了相當猙獰的笑容。

詩乃急忙操縱轉盤，將瞄準鏡的倍率調到最小。

銀狼他們三名攻擊手拿著衝鋒槍由視線左側衝了過去。雖然由敵人前衛的雷射槍所發射出來的光彈已經拖著藍白色尾巴朝著他們飛去，但只是在銀狼他們面前一公尺左右的空中留下水面般波紋然後威力便減弱了。這就是高性能「對光彈防護罩」產生的效果。

實彈系的短機關槍也開始像是要報復般噴出火來，這時由岩石後探身出來的一名雷射槍男身上出現「啪啪」的深紅著彈效果後便倒了下去。銀狼他們再往前進，到最接近敵人的水泥牆後面去——

這時男人整個人腰部向下一沉。

迷你砲機槍的槍身開始高速迴轉，三秒鐘後馬上有閃爍著亮光的帶狀物爆發開來。

光是這一擊就已經將銀狼的角色就連同水泥掩體一起分解消滅了。銀狼簡直就像遭受水流衝擊的泥偶一樣。

「嗚…………」

咬緊嘴唇的詩乃站了起來。她由地面上抱起黑卡蒂II後順勢將腳架疊起並將背帶繞過身體。

全長一百三十八公分的黑卡蒂II整個被身高只有一百五十五公分左右的詩乃扛在肩上。但幸好這還在重量限制範圍之內。加上輔助武器的超小型短機關槍「H&K・MP7」後之所以還能夠不超出重量限制，都是因為詩乃除了STR值相當高之外，彈匣裡還只攜帶了七發黑卡蒂II的子彈而已。

現在肉眼也可以辨認出現在一公里半之外戰場上的槍口火舌。詩乃無言地全速向前衝去。

事到如今戰況已經是對戴因他們極為不利了。如果只是面對使用迷你砲機槍的男人，他們只要保持一定距離然後邊高速移動邊攻擊就能夠打倒他。但是使用雷射槍的敵人在機槍的援護之下，只要前進到防護罩失去效力的距離，就能夠迫使戴因他們非得迎擊不可。

雖然是中隊的一員，但詩乃就算在這時候撤退將來也不會遭受到任何怨言。因為她已經順利完成目標物的狙擊任務。

但詩乃還是一直線朝著戰場跑去。當然她不是為了救助同伴，而是那個機槍男臉上浮現的笑容讓詩乃的腳不斷向前邁進。

男人有著能在戰場上露出笑容的實力。而且灌注在遊戲上的時間已經足夠讓他獲得迷你砲機槍這種與黑卡蒂同等級的稀有武器。當然他還有累積這種驚人ＳＴＲ值所需要的忍耐力。更重要的是男人也擁有足以冷靜面對詩乃狙擊的膽量。

與這種對手作戰並且殺掉他們——詩乃便是希望藉此來消滅自己心中那總是在哭泣的另一個「朝田詩乃」。

她就是為了這個理由而投身於這個瘋狂的世界。如果這時候逃走的話，至今為止累積的成果都將變成泡影。

詩乃用參數所允許的最快速度踩過乾燥地面、撕裂充滿塵埃的空氣，只是一味向前跑去。只見她有時閃避、有時跳越過碎石沙地上的岩石與半塌的水泥牆，僅花了數十秒鐘便衝進交戰區域裡面。

詩乃完全沒有考慮到隱藏身形的問題，將ＡＧＩ參數支援發揮到極致之後便往前直線衝刺。敵人集團應該也已經捕捉到詩乃逐漸接近的身影了吧。

兩隻隊伍的交戰區域已經和開始時有了一段很大的距離。節節敗退的當然是戴因這一邊。有了迷你砲機槍不分青紅皂白的掃射支援，敵人集團的前衛得以慢慢向前逼近。為了逃離光學槍的有效射程，包含戴因在內的四名隊員全都不斷由一個掩蔽物退到另一個掩蔽物後面。

現在已經不可能衝出荒野直線往前逃走了。一旦暴露身影，馬上就會被迷你砲機槍那宛如瀑布般的子彈給打成蜂窩。而且戴因他們現在所靠著的水泥牆後面已經沒有任何退路。剩下來的就只有一開始用來接近敵人的那些半數倒塌的大樓遺跡。只不過一旦逃進那裡面，就會變得跟甕中之鱉一樣了。

瞬間理解這所有情報的詩乃，一口氣便準備跳進戴因他們暫時苟延殘喘用的牆壁後面。但下一刻馬上就有三條淡紅色光線出現在詩乃正前方。

「嗚……」

她咬緊牙根，開始準備迴避子彈。這應該是由擔任攻擊手的雷射槍男所發出的彈道預測線。

詩乃首先將身體蹲到最低來躲過最初的預測線。接著灼熱的藍白色熱線便循著頭上的預測線飛過。這時眼前又有了第二條預測線。詩乃立刻將全身力道灌注在右腳上往地面一踢，整個人便騰空跳了起來。接著腹部旁邊馬上又有一條雷射經過，瞬間視線只能見到一片白色。

第三條預測線與在空中的詩乃將在稍高的位置上交錯。雖然她已經盡量縮起脖子來閃避熱線，但淡藍色短髮的前端還是被掃到，頭髮馬上就變成光粒四處飛散。

好不容易躲過雷射槍的連射，來到地面上的詩乃眼前——

立刻又被直徑大約有五十公分的粗大線條給染成一片紅色。

這無疑就是迷你砲機槍的彈道預測線。零點幾秒後，那如暴風般的連射即將要襲擊過來了。

奮力催動因為恐懼而僵硬的身體，詩乃剛觸到地面的右腳馬上伸直，讓她再度往空中飛去。在空中一個轉身之後，她便像跳高似的在空中一個挺身。

接著詩乃便感到宛如暴風般的能源洪流從她背後擦過。當閃爍白色光芒的實彈群通過她眼角後，稍遠處一座廢墟大樓的破牆馬上又被挖空了一部分。

當背部快落在砂石地上時，詩乃再度轉身改成以雙手雙腳著地。在這同時她更全力讓身體往前方撲去。往前轉了幾圈之後，詩乃已經處身於戴因他們躲藏的水泥牆後面了。

中隊隊長以驚訝的眼神看著忽然出現在眼前的詩乃。無論再怎麼往好處想，他眼神裡閃爍的都不是感謝的光輝，而是看見一個自尋死路者時所感到的疑惑。

戴因馬上別過臉去，看著自己手裡的突擊步槍。這時他說話的聲音已是低沉且沙啞。

「那些傢伙請了保鑣……」

「保鑣？」

「妳不知道嗎？就是那個用迷你砲機槍的大漢啊。那傢伙叫做『怪獸』，是以北方大陸作為根據地的攻擊狂。通常被有錢但怕死的中隊所雇用，做些像是保鑣的工作。」

雖然詩乃心裡想著「至少還比你有骨氣多了」，但她當然不會蠢到把話說出口。她反而看向戴因身後那些不時由掩蔽物後方探出臉來，朝著敵人集團發射無謂反擊的三名攻擊手，接著以只有同伴能聽見的極小音量說：

「一直躲在這裡也只有全滅一途。迷你砲機槍應該快沒子彈了——我們全部一起發動攻擊的話他或許會猶豫該不該瘋狂進行掃射。而我們只有抓住這個時機幹掉他才有活路。你們兩個拿著衝鋒槍往左邊，我和戴因繞到右邊，M4你就待在這裡支援……」

當她說到這裡時，戴因又用沙啞的聲音打斷她說：

「……沒用的，對方還有三名拿著雷射槍的傢伙。衝過去的話防護罩的效果就……」

「雷射槍的連射沒有實彈槍那麼快，大概可以躲過一半射擊。」

「不可能！」

戴因再度頑固地拒絕，他搖著頭說：

「衝過去只是讓機槍打成蜂窩而已。雖然不甘心，但也只能放棄了……與其看那群傢伙勝利的模樣，倒不如在這裡就登出……」

在中立練功場裡登出的話也不會馬上就消失。失去魂魄的角色會留在現場幾分鐘的時間，當然這時候也會遭到攻擊。雖然機率較低但還是會亂數發生武器或防具的掉寶現象。

到目前為止只是覺得身為隊長的戴因每次指示撤退的時機都太早了一點，但沒想到他竟然會提出這種自暴自棄，簡直就像小孩耍賴般的提議。詩乃有些難以置信的凝視著戴因那看起來像是身經百戰的士兵臉孔。

戴因忽然咬牙切齒地叫道：

「搞什麼，只是遊戲而已何必這麼認真！還不都是一樣，就算衝出去也只是死路一條……」

「那你就去死！」

詩乃反射性大叫道。

「至少在遊戲裡面展現一下在敵人槍下喪生的勇氣！」

唉～～自己怎麼會對這個不過是獵物的傢伙講出這種話呢。不過這下子注定得要離開這個中隊了吧。

詩乃一邊在心底深處這麼想著，一邊抓起戴因迷彩衫的領口強行將他拖了起來。她同時瞪大了眼睛看著剩下的三個人，接著開口迅速說：

「給我三秒就夠了，你們只要能吸引機槍男的注意，我就能用黑卡蒂解決他。」

「知、知道了……」

綠色頭髮垂在護目鏡前面的攻擊手吞吞吐吐地回答，剩下的兩個人也跟著點了點頭。

「好，那就分成兩隊由左右兩邊同時衝出去。」

詩乃一臉不高興地推著戴因腰部，讓他移動到掩蔽物角落去。當詩乃拔出左腰上的輔助武器MP7後便用手勢開始倒數。

三、二、一。

「GO！」

說完的同時她便用力往地上一踢，奮力投身於一秒鐘後那滿是死亡危機的戰場當中。

馬上眼前就有好幾條彈道預測線切過。詩乃讓身體往後倒去，一邊利用滑行來躲過子彈一邊讓敵人集團進入視線當中。

右前方斜角大約二十公尺左右的牆壁後面躲著兩名手拿雷射槍的敵人。而左邊較遠處還有一個。機槍男「怪物」則是在中央更往後十公尺的地方，這時他正準備將往左邊衝出去的兩名同伴收進他的射線當中。

詩乃邊往右跑邊將左手的MP7對準了雷射槍男。用力按上扳機之後馬上就出現了著彈預測圓，但由於無法抑制快速的心跳，這時圓形幾乎已經完全超出敵人們的身體。

但詩乃還是毫不猶豫地開始射擊。手掌一邊感受著無法與黑卡蒂Ⅱ相提並論的後座力，一邊將彈匣裡的二十發四．六毫米彈一口氣全射光。

雖然兩名雷射槍男已經因為他們這種不怕死的反擊而急忙躲到牆壁後面，但還是有數發子彈擊中他們的身體。雖然不會損耗他們多少ＨＰ，但也足以爭取到數秒鐘的時間了。

「戴因！援護！」

詩乃邊叫邊整個人往地面撲去，同時也用雙手將黑卡蒂II從背後拉了過來。她甚至沒有張開腳架的時間。手裡支撐著驚人重量的她直接就往瞄準鏡裡看去。

設定在低倍率的視野裡佔滿了怪物的上半身。發現他的臉筆直往這裡看過來之後，詩乃無法等待預測圓收縮便扣下了扳機。

必殺的閃光隨著巨響貫穿整個空間——但子彈接著便從怪物頭部旁邊擦過。這時怪物的身體因為衝擊而失去平衡，頭上的護目鏡也被轟飛接著變成碎片消失了。

失手了——！

咬緊嘴唇準備起身的詩乃，在瞄準鏡中與怪物的視線交錯。露出真面目的怪物，灰色雙眼裡發出燦爛光芒，嘴角依然掛著不屑的笑容。

詩乃全身已經被巨大的紅色光束包圍。

她瞬間判斷已經無法迴避。甚至從伏射姿勢下站起身來往左右哪一邊跳去的時間都沒有。

至少要對著槍口死亡——

詩乃為了遵守自己曾說過的話，撐起身體後便筆直盯著怪物看。這時他巨大的身軀上忽然出現了好幾個光點。

原來是來自於戴因的援護。他單腳跪地並舉起舉起突擊步槍，提高命中度後直接往怪物身上射擊。在這種狀況與距離之下還可以讓這麼多發子彈命中敵人，雖然人格不怎麼樣但射擊技術確實不錯，詩乃一邊這麼想一邊用力往右邊撲去。剛才身體所在的地方隨即被數十發子彈給貫穿。

「戴因！再往右邊一點……」

當詩乃這麼叫道時……

再度由掩蔽物後面出現的兩名雷射槍男，無情地對著站起身來的戴因發射熱線。

此時他們之間的距離實在是太近了。戴因的防護罩立刻被貫穿，熱線直接就打在他身上。

戴因瞬間看了詩乃一眼。但隨即又將臉轉向敵人——

「嗚哦哦！」

叫了一聲後便開始筆直地往前衝。

雷射立刻就如下雨般往戴因身上落下。但戴因躲過這些攻擊後便蹲低了身子，繼續往前猛衝。當然他不可能避過所有的子彈。

最後幾秒鐘裡，戴因拔起腰間那拿來當成護身符的大型電漿手榴彈，接著將它丟進掩蔽物後面。同一時間裡戴因的ＨＰ也全部消失，他就這麼背對著詩乃變成無數多邊形碎片往四處飛散。

接著就是一片閃光讓整個世界變成白色。

空間裡產生了宛若巨神之槌撞擊大地般的衝擊。藍白色能源洪流到處肆虐，戰場裡漫天揚起灰濛濛的沙石。雷射槍男們的身體也夾雜在塵埃當中飛上天空，其中一人在掉落在地面之前便粉碎並消失了。

——有骨氣！

稱讚了退場的戴因一下之後，詩乃雖然因為揚起的塵埃而瞇起眼睛，但她還是迅速環視過整座戰場。

由左翼突擊的兩名夥伴裡已經有一個人被迷你砲機槍幹掉了，但原本應該在那裡的一名雷射槍男也已經消失。

右翼的戴因因為自殺性特攻而喪生，但也同時帶了一名敵人前衛下地獄，而另一個人應該是暫時無法動彈吧。

一陣子之後——當塵埃開始落定時，馬上就出現一道直線往這裡接近的巨大剪影。

這樣一來就只變成詩乃和怪物的單挑了。但是在這種距離之下，狙擊槍根本無法和機關槍抗衡。

詩乃得想辦法進入迷你砲機槍的死角裡並擺好射擊姿勢才行。但這種一對一的戰鬥哪裡來

的死角呢……

不對——

詩乃一時之間感到無法呼吸。現在四周圍都被戴因手榴彈所捲起的飛塵所覆蓋，這種情況下怪物應該也沒辦法判斷出詩乃的所在地。當然詩乃也因為視線不佳而無法進行狙擊，但她或許可以趁現在移動到這座戰場裡唯一不會受到那子彈風暴侵襲的地點。

一想到這裡，詩乃馬上就轉頭往聳立在戰場正後方的殘破大樓遺跡衝去。

衝進入口之後，發現大樓的後半部已經完全崩壞而可以看見黃色天空，但右手邊牆壁旁確實有目標物——也就是通往上層的樓梯存在。詩乃小心翼翼地走著，盡量不讓堆積在地面上的瓦礫崩毀而發出聲音。

雖然金屬製樓梯也到處都是缺塊，但詩乃還是毫不在意地衝了上去。她在往樓梯間牆壁一踢後轉換方向持續往上爬去。

花了不到二十秒時間就來到五樓的詩乃發現樓梯就到此為止了。而她的左手邊出現一扇很大的窗戶。

在這裡的話，應該能在怪物沒注意到的狀態下爭取到擺好射擊姿勢的時間。

詩乃一邊這麼想一邊將黑卡蒂Ⅱ的槍托抵在肩上，接著由窗口往下看著整座戰場。

但她的視線馬上就被染成一片紅色。

數十公尺下的地面上，怪物已經將迷你砲機槍盡量往上抬，目前已經瞄準了站在窗口的詩乃。他已經看穿詩乃的想法與所有作戰。

詩乃根本沒有後退或是趴下的時間。

實在是太強了。這傢伙是真正的ＧＧＯ玩家，不，應該說是士兵才對。

但這才是詩乃夢寐以求的對手。殺掉他。自己絕對要殺掉他。

她沒有絲毫猶豫。不擺出射擊姿勢便直接將右腳踩上窗框一口氣跳了下去。

同一時間宛如火焰般的能源激流已經由地面上衝了過來。「啪嘰！」一聲後詩乃的膝蓋下方馬上遭到強烈衝擊。角色的腳部整個被轟飛，ＨＰ值也急遽減少。

但是她仍未死亡。越過迷你砲機槍的射線後，詩乃整個人騰空。這時她來到站立在當場的怪物上空。

或許是打算將彈倉裡的所有子彈射光吧，怪物將身體往後頃，讓自己的射線朝著詩乃追去。但是這時他發現射線根本抓不到詩乃。因為懸吊在背上金屬棒的機槍沒辦法朝自己的正上方射擊。

當開始落下時，詩乃便將黑卡蒂Ⅱ的槍拖靠在肩上，眼睛也貼上了瞄準鏡。

視線裡滿是怪物那粗獷的容貌。這時笑容終於從他臉上消失。他咬牙切齒，雙眼中燃燒著以驚訝與憤怒為燃料的熊熊烈火。

詩乃將所有意識集中在牽動自己的嘴角上。

這時反而變成她臉上出現了笑容。那是個猙獰、殘虐且冷酷的微笑。

雖然仍在落下狀態，採取的也不是安定的射擊姿勢，但兩者間的距離實在是太近了。當槍口來到怪物頭部大約一公尺左右的距離時，綠色的著彈預測圓整個收縮並固定在男人臉孔的中央。

「THE END!」

詩乃這麼呢喃著的同時，手指也扣下了扳機。

帶有這世界裡最大能源的光箭由冥界女神的指尖發射了出來。

子彈瞬間在怪物臉上以及身體開了一個大洞，最後甚至深深貫穿滿是瓦礫的地面。

類似爆炸的衝擊聲隨之響起，怪物的龐大身軀也分解成圓筒狀並且消失了。

4

一離開校門，又冷又乾的風馬上打在臉頰上。

朝田詩乃停下來把脖子上的白色圍巾重新圍好。

她將戴著塑膠框眼鏡的臉蛋一半埋到圍巾裡面之後，才再度向前走去。快步走在滿是枯葉的步道上，她在心裡小聲地呢喃道：

……這下子高中三年全部上課天數六百零八天裡面，已經有一百五十六天結束了。

好不容易過了四分之一的日子。一想到這裡，詩乃就又為了這苦行的日子實在太過漫長而不知如何是好。但如果把國中時代也算進去的話，這樣的日子現在已經過了將近六成以上。總有一天會結束……總有一天會結束。詩乃像是念咒般不斷重複如此念著。

其實就算高中畢業那天到來，詩乃也沒有什麼特別想做的事，當然也沒有想從事的職業。但還是希望能從這個算被強迫進入的「高中生」集團裡解放出來。

詩乃實在不能理解每天每天來到這個像監獄一樣的地方，聽著教師們有氣無力的講課，和一群令人懷疑是不是從幼兒期開始心靈就沒有任何成長的傢伙們排在一起做體操或是做些有的沒的，究竟有何意義。當然也有少數幾個讓人覺得教學很紮實的教師，也有讓人覺得值得尊敬的學生，但他們的存在對詩乃來說並不是那麼重要。

現在詩乃實際上的監護人是祖父母，過去詩乃曾向他們提出不上高中馬上就想出社會工作，或者是到職校去接受就職訓練的想法。但老古板的祖父馬上氣得面紅耳赤，祖母則是哭著對詩乃說希望妳能念個好學校將來嫁個好人家，不然我們就太對不起妳父親了。於是她只好拚命用功考上了東京還算有名的都立高中，但一到學校就讀之後詩乃就嚇了一大跳。因為這裡基本上和其他鄉鎮的公立高中並沒有什麼不同。

結果詩乃就與國中時期一樣，每天離開校門時都會像儀式般數著還剩下多少日子。

詩乃一個人生活的公寓位在學校與ＪＲ車站的中間。雖然是六張榻榻米大小加上一間小廚房的狹小房間，但因為處於商店街角落，所以購物相當方便。

下午三點半的商店街裡還沒有多少行人。

詩乃看了一下書店的平台之後，發現喜歡的作家有新書推出了，但因為是精裝本，所以她還是忍耐下來離開了書店。在線上預約的話，不到一個月區立圖書館裡就可以借得到那本書了。

接下來她又在文具店買了橡皮擦與方格線筆記本，確認了一下皮包裡剩下來的錢之後，詩乃一邊考慮晚餐的菜色一邊往商店街中央的超級市場前進。詩乃的晚餐基本上都是一菜一湯，只要能滿足營養、卡路里、價格均衡這幾個條件，外表或是味道就不那麼講究了。

當詩乃決定晚餐是紅蘿蔔芹菜湯加上豆腐排，經過遊樂場前面準備進入旁邊的超市時——

「朝田——」

從兩棟建築物縫隙當中的小巷子裡傳出呼喚詩乃的聲音。

詩乃先是反射性地縮起身體，接著才緩緩往右邊轉了九十度。

巷子裡有三名跟詩乃穿著同樣制服——但裙子長度有些差異的女學生站在那裡。其中一人蹲在地上按著手機，另外兩個人則靠在超市牆壁上，一邊笑一邊看著詩乃。

看到詩乃只是沉默地站在那裡，其中一名站著的少女用蠻橫態度甩了一下臉。

「給我過來！」

但是詩乃還是沒有動作，她只是小聲問道：

「……什麼事？」

這時其中一個人快速靠近，用力抓住詩乃的右手腕。

「少囉唆，過來就對了。」

她就這樣把詩乃拖了過去。

詩乃直接被押進從商店街外面看不見的小巷子深處，這時蹲在地上的女學生抬頭看著她。

她的名字叫做遠藤，算是三人裡面的頭頭。那黑色的眼線、上揚的眼睛以及尖銳的下顎，給人一種獵食性昆蟲的印象。

遠藤塗有大顆亮粉口紅的嘴唇露出扭曲的笑容，只聽她對詩乃說道：

「不好意思哦，朝田。我們剛才去唱歌結果把搭電車的錢都花完了。我們明天就還妳，先借這樣給我們吧。」

她說完便豎起一根手指。這不是一百也不是一千，代表著一萬日幣的意思。

現在才剛放學二十分鐘而已，就算唱歌也花不了多少錢，何況這三個人應該都有電車的月票，最誇張的是為什麼坐個電車得花一萬日幣呢。詩乃雖然在心中不斷列舉這些根本說不過去的矛盾之處，但她也知道就算直接把話說出來也是一點幫助都沒有。

這已經是她第二次被這三個人像這樣勒索金錢了。上次詩乃是以手邊沒錢的理由來拒絕她們。

雖然心裡想著同樣的理由可能沒用了，但詩乃還是說：

「我手邊怎麼可能有那麼多錢。」

結果遠藤臉上的微笑瞬間消失，但馬上再度笑著說：

「那妳就去領啊。」

「…………」

詩乃沉默地準備走向商店街。當她想著「這群人應該不敢跟到有別人在的銀行來，而且一旦離開這裡之後誰還會這麼笨又跑回來」時——遠藤又繼續這麼說道：

「把書包和錢包都放在這裡。只要有提款卡就可以領了吧。」

詩乃停下腳步，回過頭來看著她。遠藤的嘴上雖然還是掛著微笑，但瞇起來的兩眼裡面卻有著貓咪戲弄獵物時那種興奮的光芒。

她曾經相信這三個人是真心想和她做朋友。一想到這裡，詩乃就沒辦法原諒自己的愚蠢。

剛進到這所高中時，由於初來乍到而沒有任何熟人也沒有和同學的共同話題，於是詩乃只能每天默默待在教室裡，而最初開口跟她說話的就是遠藤。

她先是約詩乃一起吃午飯，最後變成四個人下課之後會一起去速食店。詩乃通常只是聽她們說話，雖然心裡有時會對她們的話題難以認同，但她還是感到很高興。因為詩乃已經很久沒有像遠藤她們這種不知道「那個事件」的朋友了。她覺得在這個學校裡應該可以過普通的學校生活。

詩乃是在很久之後才發現這三個人是因為從班級聯絡簿上得知她一個人獨居，所以才會特意接近她的。

當她們問「可以去妳家玩嗎？」時，詩乃馬上就答應了。遠藤她們稱讚詩乃的公寓、羨慕詩乃的生活，在她家聊天一直到天黑為止。

而她們隔天及再隔天也一樣到詩乃家來。

不久後她們三個人變成在詩乃房裡換完便服後才搭電車出去玩。這時候她們會把行李都放在詩乃房裡，接著她們三人的便服開始塞滿了詩乃的小衣櫥。

鞋子、包包、化妝品等遠藤幾個人的私人用品越來越多。到五月的時候，出去玩的三個人喝醉了回來之後便會睡在詩乃家。

有一次詩乃終於畏畏縮縮地向她們抱怨每天來的話會打擾到她看書。

但遠藤的答案就只有「我們是朋友吧」。隔天她便向詩乃要求也要一把她家裡的鑰匙。

而在五月底的某個週末……

當從圖書館回來的詩乃站在自己家門前時，聽到從裡面傳來誇張的大笑聲。而且笑聲聽起來不只有遠藤她們而已。

詩乃屏住呼吸，豎起耳朵傾聽房裡的說話聲。她對這種窺探自己房間的行為感到相當無奈與可悲。

裡面明顯傳出好幾個男人的聲音。

自己的房間裡竟然有不認識的男人在。一想到這裡，詩乃就因為恐懼而整個人縮成一團。

但接下來她心裡便湧起了一股怒火。她終於了解事情的真相了。

她下了公寓的樓梯，利用手機報了警。趕過來的警察雖然對兩造的說法感到相當困惑，但詩乃只是不段重複著「我不認識他們」這句話。

被警察催促著先跟他到警察局去一趟的遠藤惡狠狠地瞪著詩乃，留下一句「哼，是嗎」之後便把所有東西拿走了。

之後她們的報復來得相當迅速。

遠藤發揮出平時絕對看不出來的惡魔般調查能力，立刻把詩乃一個人生活的理由——五年前在遙遠的某縣裡所發生，現在網路上也幾乎都找不到的「事件」給查了出來，並且還透露給全校知道。

結果周圍環境又回到跟國中時代相同了。

但詩乃心裡覺得這樣也沒關係。

是渴望朋友的慾望矇蔽了自己的眼睛。但其實只有自己才能解救自己。只有靠自己的力量變強，才能夠跳脫那個事件所造成的傷害。只要能做到這一點，就算沒有朋友也沒關係。她反而希望她們是敵人。她的周圍——全都是要與之對抗的敵人。

詩乃吸了一口氣，筆直看著遠藤的臉。

只見她瞇起來的兩眼裡充滿殺伐的光芒。這次遠藤臉上終於完全沒有笑容，改用低沉的聲音說：

「搞什麼。還不快點去——」

「不要。」

「……啥？」

「不要。我才不想借錢給妳。」

詩乃目不轉視直接這麼回答。

強硬的拒絕應該更會引起對方的敵意與惡意吧。即使知道這一點，詩乃還是不想順從她們的要求或是虛與委蛇之後才趕緊逃走。這不是針對遠藤她們，而是她不願意顯露出「軟弱的自己」。她想要變強，這一直是她五年來唯一的目標。在這裡屈服的話，她的努力將完全白費。

「妳這傢伙……少瞧不起人了！」

右邊眼角不斷抽動的遠藤朝著詩乃跨出一步。其他兩個人迅速繞到詩乃身後，在至近距離下包圍住她。

「我要走了——請妳們讓開。」

詩乃低聲這麼說道。她認為遠藤她們再怎麼做出暴跳如雷的架勢，終究還是不敢真的動手。她們在家裡也是很普通的好孩子，應該不想再次被帶到警察局裡去才對。

但是……

遠藤她熟知詩乃的弱點——她很清楚知道該刺激什麼地方才能夠讓她流血。

塗著誇張口紅的嘴唇浮現嘲弄般的笑容。

遠藤緩緩抬起右手，對著詩乃眼鏡的中央伸了過去。接著從拳頭裡伸出食指與大拇指，做出小孩子比出手槍般的動作。這簡直是低級又幼稚的諷刺。

但光是這樣就足以讓詩乃感到全身發冷了。

她的雙腳逐漸失去力氣。平衡感慢慢離她而去，小巷裡的景象也失去色彩。這時遠藤裝成手槍的手指在她眼前晃來晃去，而她的眼神也沒辦法離開那發光的細長指甲。隨著心跳加速，像由高頻率音波所引發的耳鳴也越來越嚴重……

「磅！」

遠藤忽然大叫。詩乃喉嚨裡立刻發出細微尖銳的聲音。她打從心底深處感到恐懼，完全無法控制自己，全身發抖。

「哼哼……我說朝田啊……」

遠藤的指尖依然對著詩乃，她接著邊笑邊對詩乃說：

「我哥哥呢，他有好幾把模型槍。我下次帶到學校來給妳看吧。妳應該很喜歡手槍吧？」

「…………」

舌頭無法動彈。只能在完全乾渴的嘴巴中縮成一團。

詩乃微微搖了搖頭。如果在學校裡忽然見到模型槍的話，她可能會當場昏倒吧。光是想像那種情形就讓她胃部收縮，整個人無法忍受而彎下了腰。

「喂喂，妳可別吐了啊，朝田——」

從後面也傳來帶著笑意的聲音。

「妳上次在上世界史時忽然又吐又暈倒的，之後可是引發了一陣大騷動啊～」

「不過也常有喝醉酒的老頭在這裡吐就是了。」

四周響起了尖銳的笑聲。

好想逃走。好想趕快逃離這個現場。但是我不能這麼做。相反的兩個聲音不斷在詩乃腦袋中響起。

「那今天先把妳身上所有的錢交出來就好了。朝田妳看起來不怎麼舒服對吧。」

遠藤的手朝著詩乃右手上的書包伸了過來，但她卻完全無法抵抗。不能去想。不能去回憶。雖然這麼告訴自己，但是記憶的螢幕上還是出現那道黑色光輝。那種沉重、濕濡的鋼鐵觸感。還有刺鼻的火藥味——

這時候從背後傳來叫聲。

「這邊！警察先生，快點來！」

那是個年輕男人的聲音。

了。

這時遠藤的手離開書包。三個人馬上以非常快的速度往前衝，最後混在商店街人群裡消失了。

這次詩乃的雙腳真的失去力量，整個人像要昏倒般蹲了下去。

她拚命調整呼吸，想要將恐慌症發作的前兆給壓下去。過了一陣子後，好不容易才又慢慢感覺到購物客人的喧囂以及超市門口烤雞肉串的香味，幾乎要甦醒的惡夢開始逐漸遠去。

就這樣蹲在地上數十秒鐘之後，背後才又有一道畏畏縮縮的聲音傳過來。

「朝田同學……妳不要緊吧？」

詩乃最後用力吸了口氣，才再度在無力的腳上灌注力道並站起身來。

重新戴好眼鏡轉過頭去後，馬上就看見一名瘦小的少年站在她眼前。

那是一名穿著牛仔褲與尼龍外套的少年，肩膀上還揹著一個深綠色背包。那張戴著黑色棒球帽的圓臉讓穿著便服的他看來像個國中生，但雙眼裡濃郁的陰影卻又完全不符合他那稚嫩的外表。

詩乃知道這少年的名字。他是這城市裡唯一能放心——至少感覺他不是敵人的存在，而且在這邊之外的另一個世界裡也可以算是詩乃的戰友。

詩乃的心悸好不容易才平靜下來，這時她露出些微的笑容說道：

「……不要緊。謝謝你，新川同學。警察先生呢？」

她看了一下少年的背後，但微暗的巷子裡並沒有其他人，而且也沒有人會出現的樣子。

新川恭二搔著戴帽子的頭部笑著說：

「我騙人的啦。電視劇和漫畫裡不是常有這種劇情嗎。我早就想試一次看看了，幸好有成功。」

「…………」

詩乃稍微呆了一下，然後輕輕搖著頭說：

「……在那種緊急時刻虧你能演出這種戲。你怎麼會在這裡？」

「啊，我剛才在遊樂場裡面。結果從後門一出來就……」

恭二轉頭看了一下背後。巷子對面那道滿是雨漬的水泥牆上，確實可以見到一扇銀色小門。

「看見她們圍住朝田同學。本來真的想打一一〇報警……」

「沒關係，還是得救了。真的很謝謝你。」

詩乃再度微微一笑，恭二見到之後一瞬間臉上也出現了笑容，但馬上又恢復成一臉擔心的表情。

「……朝田同學，妳常遇見這種事嗎……？那個……或許妳會覺得我很雞婆，但這種事還是跟學校報告比較好……」

「就算跟學校報告也沒用。沒問題的，如果她們太過分的話我就會去報警。不過你還有空擔心我啊，我才想問你不要緊吧……？」

「嗯嗯……我不要緊。而且也不會再和那些傢伙見面了。」

瘦小的少年這次有些自嘲的笑了起來。

新川恭二在暑假之前都還是詩乃的同班同學。但是自從下學期開始後就沒來過學校了。詩乃也只是聽到謠言而已，據說恭二遭到參加的足球社裡高年級學生的嚴重霸凌。他體格嬌小，家裡又經營一家大醫院，所以就被當成霸凌的最佳目標。那些人在金錢方面雖然不像遠藤她們這樣明目張膽，但似乎也逼迫恭二付了許多吃飯與玩樂的錢。

其實詩乃沒有直接聽恭二提過這件事。

他們兩個人是今年六月在附近的區立圖書館裡認識的。

詩乃在二樓閱覽室裡，看著名為《世界槍械》的大本圖鑑。

這時的她好不容易才做到看見照片也不會誘發恐慌症。但看見刊載著「那把槍」的頁數十秒鐘左右詩乃就再也撐不住，就在她急忙把書蓋起來的瞬間，有人從背後對她搭話道：

……妳也喜歡槍嗎？

過了一陣子之後她才注意到，問這句話的男孩是她同班同學。

詩乃馬上想回答「怎麼可能，我最討厭槍了」。但是這麼說的話，對方一定會產生那妳為什麼看這本書的疑問，而要捏造一個合理的解釋似乎相當困難，所以詩乃便曖昧的把話題帶過。

現在恭二雖然已經知道詩乃在現實世界裡對槍械抱有極度的恐懼感，但他當時卻弄錯詩乃的反應，很高興地笑著坐到詩乃旁邊的位子上。

接下來他便指著圖鑑上的照片不斷訴說著槍械知識，詩乃內心雖然流著冷汗，但還是一直聽著他的說明，在這當中恭二提到了關於「另一個世界」的事情。

詩乃原本就知道好幾年前有完全潛行類型的遊戲機發售，也曾經聽過ＶＲＭＭＯ這個名稱。但是對從小就沒有玩遊戲習慣的詩乃來說，「劍與魔法的世界」只要存在於奇幻小說裡面就夠了，所以她對這種遊戲也沒有多大的興趣。

但是恭二著迷般對初次見面的詩乃所說的假想世界，似乎沒有劍也沒有魔法。那裡面有的只是——各式各樣的槍械。

那個世界的名稱是「Gun Gale Online」。那是將存在於現實世界，或者是曾經存在的各種槍械完全重現，而玩家們便帶著這些槍械互相廝殺的悽慘荒野。

詩乃打斷恭二的話，直接這麼問道：

——那個遊戲裡面……有叫做○○的槍嗎？

少年眨了一下眼睛之後才理所當然般地點了點頭。

這時詩乃心裡便有了一個想法。如果是在那個假想世界裡，自己能夠再度和「那把槍」對峙嗎？那把黑色手槍五年前在十一歲的自己心底留下深邃又難以抹滅的彈痕，而自己再度面對它時，能與它作戰並且獲勝嗎……？

詩乃緊握住自己流滿冷汗的手，用沙啞的聲音再度對恭二提出問題。她問要玩那款遊戲全部大概要花多少錢。

之後又過了半年。

由詩乃心中誕生的另一名叫做「詩乃」的少女，已經是ＧＧＯ荒野裡聲名遠播的冷酷狙擊手了。

但很可惜的是她到現在還沒遇過拿「那把槍」的敵人。所以詩乃還不清楚，不是遊戲裡的角色，而是現實世界裡的朝田詩乃是不是真的變強了呢……？

她還沒找出這個答案。

「……要不要喝點什麼？我請客。」

恭二的聲音將詩乃由想像當中拖回現實。她抬起臉來之後，發現照在小巷裡的陽光已經帶著殘紅。

「……真的嗎？」

詩乃微微一笑後，恭二也很高興似的不斷點著頭。

「商店街的小巷子裡有一間很安靜的咖啡廳，到那裡跟我講一下妳前陣子活躍的事蹟吧。」

幾分鐘以後，恭二便帶著詩乃來到咖啡廳。當她在深處的位子上坐下來，兩手包住散發著誘人香氣的奶茶茶杯後，心情才稍微算是冷靜了下來。她在內心告訴自己，反正遠藤她們一定還會來找麻煩，所以到時也只能隨機應變，現在擔心這麼多也沒用。

「妳前天的事情我已經聽說了。大家都說妳非常活躍呢！」

聽見恭二的聲音後抬起頭來，馬上就見到這個瘦小的少年一邊用湯匙戳著冰咖啡裡的香草冰淇淋，一邊眼睛上揚的看著詩乃。

「……沒那回事。作戰算是失敗了。我們六人中隊裡面有四個人被幹掉。以伏擊的結果來說，根本沒辦法算是獲勝。」

詩乃聳了聳肩之後這麼回答。明明在現實世界裡只要想起真正的槍械便很容易引起恐慌症，但或許是在虛擬世界裡練習的成效吧，最近只要是GGO內部的話題，詩乃就還可以保持平常心。

「但還是很厲害啊。聽說那個使用迷你砲機槍的『怪物』至今為止還沒有在團體戰裡被人幹掉過呢。」

「是嗎……原來他那麼有名啊。我沒在『Bullet of Bullets』的排行榜上看過他所以不知道。」

「那是當然囉。就算迷你砲機槍再怎麼厲害，帶著五百發子彈一定會超重而無法跑動。『ＢｏＢ』是單人遭遇戰，所以只要被人在遠處瞄準攻擊就完蛋了。不過集團戰裡只要有充分的支援他就可以算是無敵了。那種武器根本是犯規嘛！」

看見像個小孩般嘛起嘴巴的恭二後，詩乃也不由得露出微笑。

「……老實說，我的黑卡蒂Ⅱ也常被人家說是超級犯規的武器啊。不過用起來其實有許多不方便。我想那個怪物先生一定跟我有相同的想法。」

「嘖，真是奢侈的煩惱。那……下一次的ＢｏＢ妳有何打算？」

「我當然會出場。我已經收齊上次進入前二十名的玩家資料。我準備拿黑卡蒂出場。這次一定要把他們全部都……」

詩乃幾乎就要講出「殺掉」這兩個字，但馬上就把話收了回來。

「我會力拚進入前幾名……」

詩乃在上上個月第一次參加ＧＧＯ舉行的第二次最強者淘汰賽——「Bullet of Bullets」，雖然突破了預賽進入了三十個人的決賽裡，但卻只得到第二十二名這種無法接受的結果。

在廣大地圖上亂數配置玩家位置的ＢｏＢ裡，由於可能一開始就被捲入近距離戰鬥當中，所以當時她不是帶著黑卡蒂II而是裝備著突擊步槍，結果反而在接近戰鬥中被裝備「REMINGTON．M40」狙擊槍的狙擊手在近距離給幹掉了。

現在又過了兩個月，她已經大致清楚該怎麼操縱黑卡蒂這個頑皮的女神，而且現在又得到了稀有的輕量短機關槍「MP7」，在近距離戰鬥上也比較不成問題，所以她打算揹著這把巨大狙擊槍參加即將舉辦的第三次BoB大賽。基本上她的預定是只要躲在掩蔽物後，等待目標出現在視線裡就把他們一個不剩的轟飛，即使被人說這種作戰實在太過卑鄙也不要緊。

只要能在滿是強力戰士的GGO裡打倒所有敵人，證明自己是最強的話——那個時候，一定就……

懷抱著朦朧想法的詩乃耳裡這時傳來恭二的感嘆聲，也順便將她的意識拉回現實世界來。

「這樣啊……」

詩乃眨了眨眼睛後看向恭二，但對方卻反而像看見什麼耀眼事物般瞇起眼睛來看著她。

「朝田同學真是太厲害了。除了入手威力那麼強大的槍械之外……能力值也很有遠見地以STR為優先。明明是我邀妳玩GGO的，但已經完全被你超越了。」

「沒那回事……新田同學在上次的預賽裡不也打進準決賽了嗎？那場勝負只能說是你運氣不好而已。真的很可惜，如果在預賽時能打進決賽，就能參加正式的BoB大賽了。」

「不……那是不可能的。除非運氣很好，不然上次成績已經是AGI型的極限。看來我的能力值分配是完全錯了……」

聽見恭二抱怨的口氣之後，詩乃微微地皺起了眉頭。

恭二的角色「鏡子」是ＧＧＯ初期主流的ＡＧＩ，也就是全力提升敏捷力數值的類型。

這類型的角色在遊戲開始營運後半年左右，就靠著壓倒性的迴避力與速射力——這裡的「速射」指的不是槍枝本身的連射速度，而是瞄準之後著彈預測圓安定下來的時間——凌駕於其他類型的玩家之上。但是隨著地圖逐漸被攻略也有越來越多的強力實彈槍登場，這類型的玩家由於缺乏ＳＴＲ也就是筋力值，所以無法裝備這些新武器，而且槍枝本身命中率的提高也讓他們越來越無法隨心所欲地避過子彈，在開始營運經過八個月的現在，這種類型的玩家已經不能說是主流了。

但只要能得到速射力超絕的稀有大口徑步槍，比如「ＦＮ・ＦＡＬ」或是「Ｈ＆Ｋ・Ｇ３」等等，那就還能夠在第一線裡活躍，事實上在上次ＢｏＢ裡得到季軍的「闇風」便是ＡＧＩ提升到極限的類型。只不過——擊敗他而得到優勝的「ＺＸＥＤ」是ＳＴＲ－ＶＩＴ型也是鐵一般的事實。

但是——

在詩乃的觀念裡，所謂數值上是什麼類型怎麼說也只是「角色的強度」而已，其實還有比這個更重要的要素存在。

那就是玩家本身的強度。也就是心的堅強程度。前天對戰的「怪物」他總是能夠冷靜沉著地行動，而且作戰時臉上還都能夠保持著輕鬆的笑容。那男人實力的來源不是那把M134迷你砲機槍，而是臉上那猙獰勇猛的笑容。

所以詩乃有點難以認同恭二所說的話。

「嗯——……那把稀有槍械確實很強……但那只是強者剛好又裝備了稀有的武器而已，不是全部擁有稀有武器的人就是強者唷。實際上，上次大會裡進入決賽的三十個人裡，有一半左右都是使用掛在店頭的一般武器唷。」

「那是因為朝田同學妳已經有那種稀有武器，然後又是先提升過STR的平衡型所以才能這麼說。武裝真的會造成很大的差距……」

看著一邊嘆息一邊攪著飄浮咖啡的恭二，詩乃覺得再多說什麼也沒用了，於是她便準備結束這個話題。

「那新川同學你是不打算參加下一次的BoB囉？」

「嗯……因為就算參加也沒用。」

「這樣啊……嗯……這也不能勉強。你正在參加補習班的大學檢定課程對吧？模擬考成績還可以嗎？」

恭二從夏天以來就沒有到學校上課，似乎也因為這件事和父親有了很嚴重的爭執。

恭二的父親經營一所規模還算大的醫院，所以從很早以前便命令這個從名字就知道是次男的恭二要考上醫學院。詩乃之前就聽說在一次劇烈爭吵的家族會議之後，恭二雖然得到在家裡學習的允許，但必須在後年參加大學同等學歷檢定考，然後不重考便進入也是父親母校的某有名私立大學醫學院就讀。

「啊……嗯……」

恭二點了點頭後笑了起來。

「沒問題，排名都還維持在能上志願學校的範圍內。妳不用擔心我，教官。」

「那就好。」

開玩笑般回答完之後，詩乃也微笑了起來。

「新川同學的登入時間一直都很長，我還有點擔心呢。不管我哪時登入都看到你在線上。」

「我白天時有在看書啦。時間的分配是很重要的。」

「這麼長的遊戲時間應該讓你賺了不少錢吧？」

「沒那回事……ＡＧＩ型的話根本沒辦法一個人狩獵……」

由於對話好像又要轉往不太妙的方向，所以詩乃便急忙插話道：

「不過只要能賺到連線費就夠了啦。抱歉……我差不多該回去了。」

「啊對哦。朝田同學還得自己做飯對吧。希望下次能再有機會吃到妳做的菜。」

「啊，嗯、嗯，沒問題。過一陣子……等我再熟練一點。」

詩乃再度慌張的說道。

她曾經邀請恭二到家裡吃她所煮的晚飯。吃飯的過程可以說是相當有趣，但飯後隔著桌子喝茶休息時恭二眼裡的熱度卻越來越高，這著實讓詩乃心裡捏了一把冷汗。就算是超級網路遊戲狂又是槍械迷，但男孩子終究還是男孩子，詩乃當時確實反省了一下自己這種略嫌輕率的行為。

她並不討厭恭二。與恭二對話的時間是她在現實世界裡少數可以輕鬆下來的瞬間。但是在克服自己心底深處的那段黑色記憶之前，詩乃根本無法考慮任何其他的事情。

「謝謝你的招待。還有……真的很謝謝你救了我。你那時真是帥斃了。」

詩乃一邊站起來一邊這麼說道，恭二露出笑容並搔著頭說：

「我可以一直保護妳唷。那個……放學的時候……我到學校去接妳吧？」

「不、不用了，不要緊的。我也得學會自立自強才行。」

詩乃這麼回答完後便笑了起來，而恭二則再度像看到耀眼眼的東西般瞇起了眼睛。

爬上長年被雨水侵蝕而染上淺黑色斑點的水泥階梯後……

第二道門後面便是詩乃獨居的公寓房間。由裙子口袋裡拿出鑰匙，接著將它插進舊式電子鎖內。在小小面板按下四位數密碼後轉動鑰匙，接著便響起「喀嚓」的沉重金屬音。

進入微暗的玄關，順手便將門關上。

轉上門鎖，確認過上鎖的鈴聲後，詩乃才無聲地說了句「我回來了」。當然裡面沒有任何回應。

細長的空間由入口門框處往內延伸了三公尺左右。右邊是衛浴設備的門，左邊則是小小的廚房。

將從超市買來的蔬菜與豆腐放進水槽旁的冰箱，接著來到裡面六張榻榻米大小的空間後，詩乃才鬆了一口氣。藉著由窗簾透入的最後一點夕陽按下牆壁上的開關，電燈馬上就亮了起來。

房間裡面沒有什麼裝飾品。木質系的防滑瓷磚地板加上沒有任何圖案的象牙色窗簾。面對右邊牆壁處則有一張黑色摺疊床與並排在裡面的暗黑色書桌，對面牆邊則有一個小衣櫃、書架與全身鏡，這就是詩乃房間裡所有的擺設了。

詩乃將書包放在地板上，開始解開脖子上的白色圍巾。隨後脫下大衣並將它掛在衣架上，然後將它和圍巾一起收進衣櫥裡。將帶有光澤的暗綠色裙子由接近黑色的水手服裡拉出來，當詩乃準備拉下左側的拉鍊時忽然停下動作，開始將視線轉向書桌看去。

今天放學之後雖然遇到了一連串的事故，但敢正面面對遠藤她們的威脅讓詩乃心中還留有一點點自信。雖然差點就引發恐慌症，但即使如此她還是一直堅持到最後都沒有逃走。

而且兩天前在ＧＧＯ裡，與至今為止所遇見過的最強敵人經過一番死鬥並擊敗他這件事，也讓詩乃感覺到心靈的強度又往上提升了一個層次。

新川恭二告訴她那個名叫怪物的男人在團體戰裡還未逢敵手。而那個男人身上也確實散發出名符其實的龐大壓力。這讓詩乃在戰鬥中曾數度有敗北與死亡的覺悟——但最後還是奮力贏得了勝利。

說不定……

說不定現在已經能正面面對並且擊敗那個記憶了呢。

詩乃停止動作，一直盯著書桌的抽屜看。

數十秒之後，詩乃將右手上的圍巾丟到床上，接著迅速走向書桌。

她深呼吸幾次，將纏在背脊上的膽怯給趕跑。

接下來將手放在第三層抽屜的手把上，然後慢慢將它拉開來。

可以見到裡面排著將各式文具分類放好的小收納盒。隨著把手慢慢被往後拉，抽屜內側也露了出來。不久之後空間裡終於不再是收納盒，而是「那個」東西出現在詩乃眼前。那是閃爍著暗沉光輝的小小玩具。

原來是一把塑膠製的模型槍。但是看得出來製造得相當精細，連細部線條都完全重現的表面看起來就跟金屬沒有兩樣。

光是看見它的模樣，詩乃就得壓抑自己開始加速的心跳，但她還是伸出了右手。先畏畏縮縮地碰到槍的手把，接著握住並將它拿了起來。她手上立刻有了沉重的感覺。吸一口房裡的冷空氣讓她感覺整個人都像要凍僵了。

這把模型槍不是模仿現實世界實際存在的槍械所製造出來的。槍把由符合人體工學的曲線所構成，大型的扳機護圈正上方直接有大口徑槍口延伸出來。上面開有散熱孔的粗獷機關部直接就在手把後上方的位置，這種形狀似乎被稱為小牛頭犬式的槍械。

槍枝的名稱是「前犬星ＳＬ」，是在Gun Gale Online裡登場的光學槍。雖然屬於手槍的一種，但卻有全自動射擊模式，許多人喜歡將它拿來做為對怪物戰鬥時的輔助武器。

詩乃在格洛肯的儲藏庫裡也有一把這種槍械，但在現實世界裡的這把模型槍並不是她自行購買的。說起來一般市面上其實也根本買不到。

那是兩個月前參加Bullet of Bullets決賽，結果只獲得第二十二名的幾天之後。ＧＧＯ營運公司「ＺＡＳＫＡＲ」忽然寄了封英文電子郵件到詩乃的帳號裡。

辛苦地搞懂內容之後，才知道原來是參加ＢｏＢ可以獲得獎品，而營運公司要詩乃選擇在遊戲裡獲得賞金或是道具，又或者是在現實世界裡領取前犬星ＳＬ的模型槍。

雖然只是玩具槍，但詩乃可受不了在現實世界裡收到這種東西，於是她馬上想要選擇在遊戲裡領取獎金，但忽然又轉念一想。

為了確認GGO這個「猛藥」治療的結果，將來還是需要在現實世界裡觸摸模型槍。但詩乃實在提不起勇氣自己前往玩具店購買。雖然只要拜託恭二的話他一定十分樂意借給詩乃，但一想到拿起槍械後當場發作的可能性就又讓詩乃感到猶豫。就算還有網路購物這種最簡單的方式，但連在網站上看著一大堆槍械照片都會讓詩乃感到心情沉重，所以也就一直無法付諸實行。當然經濟上的問題也是一個重點。

如果GGO營運公司可以免費寄送模型槍過來的話，那不就剛好符合自己的需求嗎——詩乃一直猶豫到將近截止期限時，才選擇接受在現實世界裡的參加獎。

一個禮拜後，一個沉重的國際快遞包裹來到詩乃家。

明明已經決定要開封了，但最後還是多拖了兩個禮拜的時間。

結果當時所產生的反應完全不符合詩乃的期待。於是她只好將模型槍丟進抽屜深處，然後連相關記憶也塞到腦袋的角落裡。

而現在——詩乃再度拿起了那把前犬星。

槍上的冰冷觸感由右手掌傳達到上臂再到肩膀，最後像是要鑽進詩乃心底深處一樣。雖然是樹脂製的模型卻有著無比的重量。遊戲裡的詩乃可以用指尖輕鬆旋轉的手槍，現實世界裡拿起來後卻感覺像被鐵鍊鎖在地面上一樣。

手掌的溫度逐漸被奪走，反倒是槍枝開始發熱起來。在冷汗所帶來的潮濕微溫裡，詩乃確實感覺到某個人的氣息。

是誰？

那是……那個……男人的……

心跳已經快到無法抑制，冰冷的血液發出沸騰聲並且在詩乃全身到處奔馳。這時她的意識已經逐漸模糊。感覺腳邊的地板開始傾斜並且變軟。

但是詩乃的眼睛還是離不開槍枝的黑色光輝。那道光線就在超近距離下衝進詩乃眼睛裡。

她已經開始耳鳴了。不久之後聲音變成尖銳的尖叫聲。那是一名年幼少女被純粹恐怖所掩蓋時所發出的叫聲。

是誰在發出悲鳴？

那是……………我。

詩乃沒有看過父親的長相。

不是現實世界裡沒有關於父親的記憶。而是真的連照片或影像上都沒見過那身為詩乃父親的人物。

聽說父親在她兩歲時就因為交通事故而去世了。

那天是雙親帶著詩乃，一家三口為了回去母親的老家過年而駕車行駛於東北的某縣境上。當時車子是在沿著山坡斜面延伸的舊單線道路上行駛，離開東京之後時間已經過了半夜十一點。

由現場打滑的車胎痕跡判斷出事故的原因是出自於對向車道來不及轉彎的大卡車。卡車駕駛當場衝破擋風玻璃掉在路面上立刻死亡。

而右側面遭到卡車撞擊的小型車則越過護欄掉落到山坡下，最後被兩根樹木擋住才停止下跌。這時候駕駛汽車的父親雖然身負意識不明的重傷，但還不至於立即死亡，而在助手席上的母親則只是左大腿單純骨折而已，至於年幼詩乃則因為後座嬰兒安全座位的安全帶而幾乎毫髮無傷。但是當時的事情她可以說是一點印象都沒有。

不幸的是地方上的人幾乎不使用這條道路，尤其深夜更是人煙罕至，而車內的電話也因為撞擊而破損了。

隔天早上，當經過這條舊道路的駕駛注意到有事故發生而報警時，已經是六小時之後的事情了。

這段時間裡，詩乃的母親只能在旁邊看著因為內出血而身體逐漸冰冷，最後更因此而死亡的父親。

這時母親心底深處的某個部分便因此而崩潰了。

事故發生之後，母親的心智年齡回到與父親相識之前的十幾歲左右。雖然母親與詩乃離開東京的房子回到娘家去，但母親隨後便將父親的遺物，像是照片或是影像等全部處分掉，也從來不向詩乃提及關於父親的事情。

冀求平穩與寂靜的母親開始過著宛若鄉下少女般的儉樸生活。雖然發生事故到現在已經過了十五年的時間，但詩乃還是搞不清楚母親究竟是如何看待她這個女兒的。或許只是認為她是妹妹也說不定，但幸運的是事故發生之後母親還是深愛著詩乃。她還記得每到夜晚母親都會讀繪本、唱搖籃曲給她聽。

所以詩乃記憶裡的母親總那是副容易受傷的脆弱少女模樣。自然也讓詩乃從懂事開始，便時常告訴自己一定要堅強一點。自己要保護媽媽的安全才行。

過去曾發生祖父母不在時，難纏的推銷員坐在玄關前不願離開，讓母親感到相當驚慌失措的事件。這時年僅九歲的詩乃便對推銷員說如果不離開我就報警，然後把他趕了出去。

對詩乃來說，外面的世界充滿了打擾母親平靜生活的各種要素。她腦袋裡總是想著自己一定要保護媽媽、自己一定要保護媽媽。

所以——詩乃心裡覺得就某種意義上來說，她是命中注定會遇上那件事故的。這是不斷被詩乃拒絕的外界事物對她的惡意報復。

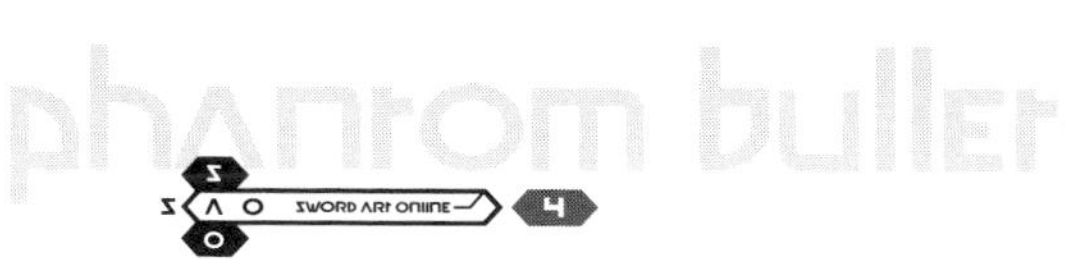

十一歲，升上五年級之後的詩乃也不怎麼在外面遊玩，放學之後直接回家看從圖書館借來的書，可以說是她每天的習慣。雖然她的成績很好但幾乎沒什麼朋友。而且她對於外界的干擾異常敏感，曾經有男孩子惡作劇將她的室內鞋藏起來，結果詩乃便狠狠將對方揍到流鼻血為止。

時間是進入第二學期之後的某個星期六下午。

詩乃與母親一起到附近的小郵局去。當時郵局中除了她們之外就沒有其他客人了。

當母親將資料拿到窗口去時，詩乃就坐在局裡的長板凳上一邊晃著腳，一邊看著帶過來的書本。現在她已經不記得那本書的書名了。

「嘰」一聲的開門聲讓她抬起頭來，隨即就看見一名男人走進郵局。那是一名穿著灰色服裝，一隻手上拿著波士頓包的瘦小中年男子。

男人在入口處停下腳步，往郵局內看了一圈。詩乃瞬間和他四目相對。這時詩乃心裡還想著這人瞳孔的顏色真是奇怪。像個黑洞般的黑色瞳孔在泛黃眼白中央不停移動著。現在回想起來才知道，那是瞳孔已經異常放大的狀態。事後發現男人在進入郵局之前已經先注射過毒品。

詩乃還來不及感到訝異，男人便直接朝窗口走去。

這時詩乃的母親正在「儲匯款」窗口進行手續，但男人忽然用力抓住她的手腕並將她拉了過去。接著又用左手將她狠狠推開。詩乃的母親只能無聲地往後倒，整個人還因為太過震驚而瞪大眼睛無法動彈。

詩乃馬上站了起來。當她準備大聲為心愛的母親所遭受到的無禮暴力提出抗議時……

男人將波士頓包用力往櫃檯上一放，接著從裡面抓出某樣黑色物體。當男人用拿在右手上的物體指向窗口的男性職員時，詩乃才發現他手上的東西是把手槍。手槍——玩具——不，應該是真貨——強盜？詩乃的腦袋當中瞬間閃過這幾個單字。

「把錢放到包包裡面去！」

男人用嘶啞的聲音叫著。接著又馬上叫道：

「把兩手都放到桌上！別想按警鈴！其他人也別亂動！」

他左右晃動手槍，牽制著郵局內部的其他職員。

詩乃這時考慮是不是要衝到郵局外面去求救。但因為放不下倒在地上的母親而遲遲沒有付諸實行。

當她正猶豫不決時，男人再度叫了起來。

「快點把錢放進去！有多少錢全部放進去！動作快一點！」

窗口的男性職員雖然繃著一張臉，但還是用右手拿了一疊大概有五公分厚的紙鈔遞了出去

——

就在那個瞬間……

感覺郵局裡的空氣一口氣膨脹了起來。接著雙耳更感到陣陣麻痺，詩乃過了好一陣子之後才發現那是尖銳的爆炸聲所造成的現象。接下來則是有「鏘」的小金屬聲出現，某樣東西彈到牆壁上後滾落到詩乃腳邊。原來是一個金色的細長筒狀物體。

再抬起臉來時，發現櫃檯內側的男性職員瞪大眼睛，兩手按住自己胸口。領帶下方的白色襯衫稍微可以見到一片紅漬。接下來男性職員隨著椅子整個向後倒，身旁的文件收納盒也跟著倒了下去。

「不是要你別按警鈴了嗎！」

男人尖銳聲音的已經整個沙啞。握住槍的右手也開始不斷發抖。詩乃鼻子裡還聞到一股類似煙火的味道。

「喂，妳！來這裡把錢裝進去！」

男人的槍口對準了兩名呆立當場的女性職員。

「快點過來！」

男人尖銳的聲音響起，但女性職員們除了輕輕搖了搖頭之外就沒有任何行動。雖然他們應該都有受過遭遇強盜事件時的應對訓練，但是無論什麼樣的教戰手冊都無法抵擋眼前的子彈。

男人急躁地用腳踢了櫃檯下方好幾次，接著可能是打算再對一名職員開槍吧，只見到他再度抬起握著槍械的右手。兩名女性職員一邊尖叫一邊蹲了下去。

男人見狀便半轉過身子，改為面向客人使用的空間。

「繼續拖拖拉拉我就再殺一個人！我會開槍哦！」

男人瞄準的目標是——倒在地上，以空虛眼神望著天花板的詩乃母親。

眼前正在進行當中的事件所造成的負荷實在太大，所以母親根本完全無法動彈。詩乃瞬間這麼想著。

——我得保護媽媽才行。

這從幼兒期以來就一直是詩乃的信念，也讓她開始產生一股展開行動的意志力。

丟下書本往前衝出去的詩乃一把抓住男人拿著手槍的右手，接著用力咬了下去。小孩子銳利的牙齒很簡單便陷入男人的肌肉裡。

「啊啊啊？」

男人發出驚愕的聲音，接著將整隻右手連同詩乃一起甩了起來。詩乃的身體被甩到櫃檯側面上，同時也撞掉兩顆乳牙，但她卻渾然不知。因為這時從男人手上滑落的手槍滾到她面前來。詩乃不由自主地將它撿了起來。

好沉重。

兩條手臂馬上就感覺到金屬的重量感。上面刻有橫線的手把因為男人的汗而相當潮濕，更因為男人的體溫而像生物般散發出熱量。

即便以詩乃當時的知識，也能知道這是用來做什麼的道具。只要使用這東西，就可以阻止那個可怕的男人。腦海裡有了這樣的想法後，詩乃便模仿剛才看到的姿勢舉起手槍，然後將兩手的食指放進扳機裡並對準了男人。

此時男人一邊發出怪聲一邊往詩乃撲了過去，準備將手槍由詩乃手裡奪下來般用自己的雙手緊緊握住詩乃的手腕。

詩乃到現在仍弄不清楚男人做出這樣的動作究竟是幫了她還是害了她。但單就事實來看，男人確實自己幫忙穩定了面對著他的手槍。

現在詩乃對於那把被用來搶劫的手槍——已經有了相當充分的知識。

一九三三年，也就是距今九十年以上的遙遠過去，蘇維埃陸軍正式採用了「托卡列夫TT33」這款手槍。不久後中國便加以模仿並將其稱為「五四式・黑星手槍」。這便是那把槍的名稱。

它使用三十口徑，也就是七・六二毫米的鋼芯彈。後來出現的手槍是以九毫米子彈為主流，相較之下黑星的口徑顯得較小，但它的火藥量卻較多。因此子彈的初速可以超越音速，擁有手槍當中最強大的貫穿力。

但最後因為後座力過大，蘇聯便在一九五〇年代時以使用小型化九毫米彈的「馬卡洛夫」來取代了這款手槍。

所以一名十一歲的孩童怎麼可能有能力操縱一把這樣的手槍來射擊敵人。但是當詩乃手腕被對方握住，腦裡想著槍要被奪走了的瞬間，反射性地扣下了扳機。

猛烈的衝擊由兩手上往手肘、肩膀上傳遞，槍口應該已經被轉往別處的後座力幾乎全被男人的雙手所吸收。這時空氣裡再度產生一股熱流。

男人發出像打嗝的聲音並放開詩乃的手腕，接著直接往後退了幾步。

男人那花紋灰襯衫的腹部忽然有一道紅黑色的圓形急速擴散開來。

「啊啊……啊啊啊啊！」

男人一邊尖叫一邊用兩手按住腹部。可能已經傷害到動脈了吧，可以見到從他指間流出一條血跡來。

但是男人仍未跌倒。黑星所使用的小口徑鋼芯彈會馬上貫穿人的身體，制止能力本來就比較低。

男人一邊怪叫一邊將沾滿血的雙手往詩乃伸去，想要再度抓住她。由傷口飛散出來的血液落到詩乃的雙手上。

這時她的雙手再度像痙攣般抖動，接著又再次扣下扳機。

這次手槍整個向上彈起，讓詩乃的手肘與肩膀感到一陣劇痛。她的身體整個向後彈，背部用力撞擊櫃檯而暫時無法呼吸。她已經不太能聽見發射聲了。

第二發子彈命中男人的右鎖骨下方，接著再度貫穿身體擊中他背後的牆壁。男人一個踉蹌，因為自己流出來的血而滑倒，整個人倒在亞麻油地毯上。

「哇啊啊啊啊！」

但是男人的動作仍未停止，他發出憤怒的咆哮，用兩手撐住地面準備站起身來。

詩乃因此陷入恐慌狀態。她感覺這次如果不確實讓男人「停止」動作的話，自己和母親絕對會被男人殺害。

詩乃無視兩條手臂與肩膀上的劇痛繼續往前走了兩步。這時男人正以臉孔朝上的姿勢將上半身撐起了二十公分左右，而詩乃則是將槍口對準了他身體的中央部位。

詩乃的肩膀因為第三次射擊而脫臼。這次已經沒有東西可以擋住她因為後座力而往後彈的身體，於是她整個人翻了個筋斗後才倒在地上。但她的手卻依然緊抓住手槍不放。

與剛才同樣由不穩定手槍裡發射出來的子彈完全偏離詩乃瞄準的目標，命中男人身體上方數十公分處——

剛好也就是男人臉孔的中央部位。男人的頭部咕咚一聲直接砸在地板上。然後再也不會動也不會發出聲音。

詩乃拚命撐起身體，確認男人已經再也無法動彈。

——成功了。

她首先有了這個念頭。自己成功地保護了母親。

詩乃動著臉部，將視線朝倒在數十公尺外地板上的母親看去。接著便發現最愛的母親雙眼裡——

明顯透露出對詩乃感到恐懼與怯懦的感情。

詩乃這時才往自己的手上看去。到現在還緊緊握住槍把的雙手上沾滿了紅黑色的液體飛沫。

這時詩乃才張開嘴巴發出尖銳的悲鳴。

「啊啊啊啊…………！」

她一邊由喉嚨深處發出細微叫聲，一邊持續凝視著兩手握住的前犬星ＳＬ。似乎可以見到從手背往指尖滴下去的血液。而且就算眨了好幾次眼睛血液都還是沒有消失。只見那濃稠狀液體一滴一滴的滴落在腳邊。

突然從她雙眼裡也冒出液體。視線一下子變得模糊，只能看見模型槍的黑色光輝而已。

從黑暗的深淵裡出現了那男人的臉。

發射出去的第三發子彈便是往這張臉飛去。被子彈擊中之後傷口卻出乎意料之外的小，看起來就像顆黑痣一樣。但是隨即就有一陣濃烈的血霧飄散在頭部後方。臉上原本有的表情與生

氣瞬間便消失無蹤。

但是他的左眼忽然動了起來，用那有如無底深淵的瞳孔瞪著詩乃。

他就這麼筆直地看著詩乃的眼睛。

「啊……啊…………」

詩乃的舌頭忽然緊貼在喉嚨深處，開始感到無法呼吸。同時胃部也開始劇烈地收縮。

她咬緊牙關，用盡全部心力將前犬星丟在地板上，接著立刻搖搖晃晃的跑到廚房，用滿是冷汗的右手拉開衛浴的門把。

拉起馬桶蓋，在彎下身體的同時，熱辣的液體也從胃的底部冒了上來。詩乃扭動身體不斷痙攣，像是要將體內所有物體給排出體外般不停嘔吐著。

當胃部的收縮好不容易開始停止時，詩乃整個人已經虛脫了。

她伸出左手，按下馬桶上的沖水手把。辛苦地站起身並將眼鏡拔下來後，開始不斷用雙手捧起洗面台裡流出的刺骨冰水來洗臉。

最後她漱了漱口，從架子上拿了條乾淨的毛巾擦完臉才離開浴室。此時她的思考能力已經完全麻痺了。

她踩著虛浮的腳步回到房裡。

詩乃儘可能地別開視線，然後用手裡的毛巾蓋在滾落在地板的模型槍上。隔著布將它拿起來後，馬上將它塞進打開的抽屜深處。用力關上抽屜後，精神完全消耗殆盡的詩乃才整個人趴在床上。

由濕濡前髮上滴落的水滴混雜著臉頰上的淚水在棉被上留下了痕跡。不知從何時開始，詩乃以細微的聲音不斷這麼重複說著：

「救救我……誰來……救就我……救救我……誰來………」

事件過後幾天的記憶其實已經有些模糊。

像是穿著深藍色制服的大人們以緊張的口吻要她把槍交出去時，她的手指因為僵硬而根本離不開槍枝。

還有許多紅色的旋轉電燈與隨風搖晃的黃色布條。布條後面則是有許多讓人睜不開眼睛的白色閃光。

或者是坐上警車時才注意到右肩的疼痛，當她畏畏縮縮地告訴警方之後，警察才趕緊讓她換乘到救護車上去——詩乃腦裡大概就只有這些片段性的記憶。

躺在醫院的床上時，兩名女警不斷詢問詩乃事情的經過。雖然她一直要求想見母親，但這個願望在過了許久之後才得以實現。

詩乃三天之後便離開醫院回到祖父母家裡，但母親卻入院長達一個月以上。而事件發生之前的平穩日子，則是再也沒有回到她們身上。

由於各家媒體的自我規範，讓事件的詳細經過沒有被大肆報導出來。送交檢察機關的文件裡只註明持槍搶劫郵局事件的嫌疑犯死亡，此外也沒有進行任何公開審判。但是祖父母的老家是個很小的城市。郵局裡所發生的經過被詳細地——應該說變成加了各種情節的謠言，就如同燎原之火般迅速傳遍整個城市。

小學剩下來的一年半時光裡，詩乃被冠上所有可以代表「殺人犯」的名詞，而上了國中之後周圍則變成完全無視她這個人的存在。

但是周圍的眼光對詩乃來說其實沒有什麼影響。因為她本來就對加入哪個集團這種事情沒有興趣。

只是過了這麼多年之後——事件在詩乃心中所留下來的傷痕還是一直讓她感到非常痛苦，絲毫完全沒有痊癒的跡象。

自從事件發生過後，詩乃只要看見槍械類的東西便會引起當時的鮮明回憶，讓她整個人陷入劇烈的休克症狀當中。不論是在路邊看見小孩子手上的玩具手槍，或是在電視畫面上看見槍枝，都很容易引發呼吸急促造成全身僵硬、失去定向感、嘔吐，嚴重時甚至會喪失意識等症狀。

因此詩乃幾乎不能觀看戲劇或是電影。也有好幾次因為看了社會科課程的教學用錄影帶而發作。國中時期她都是靠著在圖書館陰暗角落裡看著比較安全的大開本小說全集——也僅限定於古早以前的文學作品——來打發時間。

當她對祖父母表示國中畢業就想到遠方去工作，因而遭到強烈反對時，詩乃便說那至少讓她到過去——當她還是嬰兒時與父母親一起生活過的那個東京某區去念高中。她確實是想到一個沒有纏人的傳聞與好奇視線的地方去。因為她可以確定，只要繼續在這個小城市裡生活，那麼她的心理創傷將一輩子都無法痊癒。

當然詩乃的症狀已經被診斷出是典型的創傷後壓力症候群（PTSD），四年來也已經接受過無數的心理諮詢。而且她也乖乖按照醫師的指示服藥。但臉上似乎都帶著相同笑容的醫師們所說的話，都只能輕撫或是搔過詩乃心靈的表層，根本無法到達受傷的地方。他們在乾淨的診療室裡不斷說著「我了解，那一定很痛苦吧。真難為妳了」這種話，但詩乃卻是邊聽邊在心裡重複囁嚅著：

——那你們有用槍殺過人嗎？

如今她也已經自我反省，就是這樣的態度造成自己無法信賴醫生，讓治療一直無法收到成效。但即便是到了現在，那依然還是詩乃毫無掩飾的真心話。自己的所作所為究竟是好還是壞——或許詩乃只是想要聽見他們對此提出確定的看法而已吧。當然沒有任何一個醫生能夠回答就是了。

但是就算再怎麼為記憶與發作所苦，詩乃也從沒有過自己結束生命的念頭。她不後悔對著那個男人扣下扳機。當他拿著槍對準母親時，詩乃也只能那麼做了。就算現在再回到事件發生的瞬間，她也會做出同樣的行動。

一旦選擇了自殺這條逃避的路，那麼那個男人也就白死了，詩乃是這麼認為的。所以她才會想要變強。想要獲得能講出「那種情況之下，我那麼做也是理所當然」這種話的勇氣。就像一個在戰場上毫不留情打倒敵人的女戰士一樣。她會想要過獨居生活也是這個原因。

國中畢業離開老家之前，詩乃告別的對象只有祖父母，以及跟事件發生前一樣把她當成幼兒般擁抱並撫摸頭髮的母親。

接著詩乃便移居到這個空氣刺鼻水又難喝，什麼東西都貴得要死的城市來。而她就是在這裡遇見了新川恭二以及ＶＲＭＭＯＲＰＧ——「Gun Gale Online」。

呼吸與心跳終於漸趨平穩，詩乃也將薄薄的眼瞼抬了起來。

整個人趴在床上，左臉頰靠著枕頭的詩乃，視線前方映入了一個長形物體。

鏡子裡有個前額貼著濕濡頭髮的少女正回看著自己。那名少女略嫌瘦削，但又有著一雙大眼睛。除了小小的鼻子之外，兩片嘴唇也相當單薄。總而言之給人一種營養不良小貓的印象。

只有體格與臉頰兩旁綁起一小撮的短髮和荒野狙擊手詩乃雷同，但其他地方就找不出任何相似之處了。遊戲裡的詩乃就像隻猙獰的山貓一樣。

帶著非常恐懼的心情登入ＧＧＯ，然後被帶到完全搞不清楚狀況的戰場上時，詩乃有了意想不到的發現。或許是與現實世界日本完全不同的異世界風景所造成的吧——她在這個世界裡不論怎麼觸碰槍械，不，應該說就算用槍械來擊倒其他玩家都只是感到有點緊張而已，那可憎的發作完全沒有出現。

詩乃確信自己終於找到超越那些記憶的方法。實際上自從她進入ＧＧＯ世界之後，只是看見槍械照片的話已經不會發作，也可以和恭二談論起ＧＧＯ裡的武器。

其實還不只是這樣而已。詩乃現在已經深愛著半年前入手，那把名為「黑卡蒂II」的巨大凶惡狙擊槍。就像同年齡的女孩子喜歡摸著寵物或玩偶一般，詩乃只要撫摸它平滑的槍管就能夠冷靜下來，只要將臉頰靠在那略圓的槍托上就能感到溫暖。

只要能和它一起不斷在假想的荒野裡作戰，傷口總有一天會癒合，恐懼也會消失不見。詩乃就是根據這個信念來以必殺的子彈終結無數怪物與玩家的生命。

但是……

——真的可以嗎？真的這樣就可以了嗎？

心裡有一道反問她的聲音。

遊戲中的詩乃已經名列數萬名GGO玩家裡的第二十二名了。大家都說操作反物質狙擊槍的能力已經無人能出其右，而被她瞄準鏡所捕捉到的玩家最終都只有死路一條。她過去強烈想成為「擁有一顆冰冷心臟的戰士」的心願，可以說是已經成功了。

但是——現實中的詩乃卻還是連一把模型槍都拿不起來。

真的……真的這樣就夠了嗎……？

鏡中少女在眼鏡深處的瞳孔搖晃著一股無所適從的感情。

從去年開始戴的這副眼鏡其實沒有度數。因為它不是矯正視力的工具而是詩乃的「防具」。由NXT聚合物所製的鏡片，就算被子彈擊中也不會碎裂——宣傳單上面是這麼寫的。雖然不知道是否屬實，但節省生活費之後所配的眼鏡還是給了詩乃些微的安心感。現在外出時如果沒戴眼鏡就會覺得心慌。

但這也就意味著她還得依靠這種小道具來讓自己安心。

用力閉上眼睛之後，胸口再度產生了軟弱的疑問。

誰來……告訴我……我該怎麼辦才好……？

——但是沒有任何人會對我伸出援手！

詩乃為了驅趕軟弱的聲音在心裡這麼大叫著。她撐起身體，視線往床旁邊的小桌子上看去。馬上發現AmuSphere的銀色圓環正在發光。

只是自己的實力還不夠而已。問題就是這麼簡單。

那個世界裡還有二十一名比詩乃還要厲害的槍手。只要擊敗他們，將他們全送進冥界，成為荒野裡唯一的最強者，那個時候——

詩乃就能和遊戲裡的自己一體化，在真實世界裡也可以得到真正的堅強。屆時「那個男人」與「那把槍」將會被掩埋在所有被詩乃擊斃的目標當中，再也不會出現在記憶裡面。

詩乃撿起空調的遙控器，將暖氣打開後一口氣將制服上衣脫了下來。接著解開裙子掛勾由腳上將它脫下，然後全部扔到床上。最後拿下淡藍色眼鏡，輕輕將其放在書桌上。

她整個人躺到床上，拿起AmuSphere並戴了上去。

用手摸到電源並按下，當宣告準備完成的電子聲一響起，她馬上就開口說道：

「開始連線。」

她呢喃的聲音就像個哭累的孩子般，虛弱又沙啞。

5

打開瀏覽器的同時，馬上就自動連線至設定為首頁的網站，好幾個標籤與視窗重疊著出現在螢幕上。

那些網站全部與Gun Gale Online相關，尤其是刊載「死槍」資料的網站更是全部都被收集到這裡來了。

「他」用右手指尖操縱著3D滑鼠，連線至目前最受矚目的網站上。該網站首頁就有「死槍情報總整理網站」的字樣，死槍這兩個字還特別使用紅色字體。

首先看一下更新履歷，確認過今天管理人還未更新情報後，接著便轉到留言板去。前天晚上確認過之後又多了幾篇新留言，記事標籤上閃爍著「New」的字樣。「他」開始依序往下看著內容。

——ZXED與鱈魚子一直都沒出現耶。已經一個月了吧？這樣帳號應該已經過期了才對？真實世界裡能和他們連絡的人，有什麼情報請PO上來吧。

——根本沒人能聯絡得上他們。他們中隊的成員不是也說過不知道他們真實世界裡的聯絡方式了嗎？應該說笨蛋才會在ＧＧＯ裡透露自己的真實情報呢。

——被死槍擊中的日子與時間都相當清楚，如果他們兩個真的死掉了，只要調查一下那個時間裡有沒有ＶＲＭＭＯ玩家死亡不就能知道了嗎？

——別又繞回原來的話題，去爬一下文好嗎。一個人獨居的話就算死了也沒人會發現，而且也確認過警察根本不會透露相關情報了。順帶一提就算寫英文郵件去問ＺＡＳＫＡＲ，對方也只是回些無法透露玩家個人情報的定型文件而已。

——這一定是ＺＸＥＤ大大和鱈魚子大大他們的引退惡作劇啦。兩位再不出來承認的話差不多就要失去新鮮感囉！

——結果還是得有人親身去體驗才知道是不是真的。所以呢明天晚上十一點半時我會在胸前插朵紅玫瑰然後在格洛肯中央銀行前等待，死槍先生拜託來攻擊我吧。

——勇者登場！不過死之前不把你的本名與地址透露出來就根本沒意義了吧！

——倒不如在某間網咖裡進行公開潛行吧。

——…………

「他」焦躁地咋了一下舌頭，接著開始移動滑鼠滾輪進入下一個視窗當中。但是不論哪個留言板或是情報網站都找不到「他」希望看見的情報與留言。

當初的預定是讓第二個人死亡時，「死槍」擁有真正殺傷力的傳聞便會在網路上傳開，而ＧＧＯ玩家們便會開始陷入下一個目標會不會就是自己的恐懼——接著不斷出現退出遊戲的玩家。

但是實際上到現在愚蠢的網路鄉民們都還沒發現「死槍」給人的真正恐怖，一直都在進行那種開玩笑的對話。ＧＧＯ的玩家帳號總數也完全沒有減少。

現實世界裡「ＺＸＥＤ」與「薄鹽鱈魚子」的死亡完全沒被報導出來可以說是出乎人意料之外，看來都內一天裡都會有許多相當怪異的死亡事件，只要沒有明顯犯罪性的事件就不會登上新聞報導。

當然「他」很確定遭到自己槍擊的兩個人，現實世界裡的心臟已經停止並且死亡。因為這就是「死槍」的威力。

把這個情報寫進網站留言板的誘惑實在十分強大。但是「他」也無法提出具體的證據，而且這麼做的話將會讓「死槍」的傳說性變薄弱。「死槍」是降臨在那片荒野裡最初也是最後的絕對強者，甚至可以凌駕營運公司，因為它才是真正的死神。

——算了。

「他」深深嘆了口氣，想辦法讓心情平靜下來。

馬上就要舉行第三屆「Bullet of Bullets」了。「他」預定用「死槍」在這場大會裡再結束兩個人，可能的話三個人的性命。當然得先不靠那把槍來突破預賽才行，但靠著每天登入二十小時所鍛鍊出來的能力值，要達到這個目標應該不是太難才對。

ＢｏＢ如今可以說是廣受矚目。在「ＭＭＯ動向」裡播放的現場實況轉播除了ＧＧＯ之外也有許多ＶＲＭＭＯ玩家會收看。自己除了要在那個大舞台裡成為名符其實的最強者之外，還要讓人家看見被那把槍擊中的人再度從網路上消失，如此一來應該就沒有笨蛋會質疑「死槍」的能力了。

不過吸引那麼多目光之後，現在的帳號就不能夠再使用。但只要有那把槍，要成為新的

「死槍」然後重新降臨在荒野可說是輕而易舉。

「他」接下來還要繼續殺戮。自己的預定是要讓七名玩家成為槍下亡魂。那時候應該會出現許多引退的玩家，不久後這款名為「Gun Gale Online」遊戲將完全死亡。

而「死槍」將會變成傳說。

雖然造成的死亡人數遠遠比不上那個被詛咒的死亡遊戲「Sword Art Online刀劍神域」，但那只是一名狂人用電磁波將玩家的腦烤焦而已。

「死槍」擁有的才不是那種低次元的力量。由假想世界裡發射出來的子彈能讓現實世界裡的心臟停止。能了解這個秘密的就只有「他」以及「他」的分身而已。「死槍」才是真正的最強者。那名傳說中完全攻略ＳＡＯ的「黑衣劍士」根本沒得比。「他」成為所有ＶＲＭＭＯ最頂級玩家的時刻馬上就要來臨。

絕對的力量——傳說中的魔王——最強——最強——最強——……

「他」這時才注意到自己右手上灌注的力道已經幾乎要將滑鼠捏破，於是他馬上一邊喘氣一邊放鬆緊繃的肩膀。

「他」迫切期盼那一天趕緊到來。只要能造就這個傳說，他就不用再待在這無聊的世界裡。也可以和老是找「他」麻煩的那些蠢貨告別了。

將瀏覽器上的所有視窗關閉之後，「他」重新叫出了一份區域ＨＴＭＬ文件來。

垂直排列的七張臉部照片——將在ＧＧＯ內部拍攝下來的螢幕影像裁切下來後的照片羅列在螢幕上，每張照片的右邊都寫著名字與武裝等情報。最上方的「ＺＸＥＤ」與下面的「薄鹽鱈魚子」都已經變成黑白照片，然後上面還被打了個血紅色大Ｘ。

這就是「死槍」的目標名單，換句話說，就是裝填在那把槍彈倉裡的「死亡子彈」數量。這七個人全部都是ＧＧＯ裡赫赫有名的強力玩家。

「他」慢慢捲動文件，將放在最下方的照片移動到螢幕中央。那是七個人當中唯一一名女性玩家。

由右斜角拍下來的螢幕影像上可以見到該角色淡藍色的短髮，以及綁在臉旁的兩撮頭髮稍微遮住臉頰的模樣。雖然因為緊圍在脖子上的那條土黃色圍巾而看不見嘴角，但光是讓人覺得像貓的藍色眼珠就足以讓她散發出迷人的魅力。

顯示在右側的名字是「詩乃」。主要武器是反物質狙擊槍「Ultima Ratio Hecate II」。

「他」曾好幾次直接在遊戲內部見到這名少女。無論是在格洛肯街頭購物的模樣、在公園板凳上吃著路邊攤熱狗的模樣，或者是揹著巨大狙擊槍在戰場上奔走的模樣——她的每種姿態都充滿誘發人佔有慾的妖豔魅力。雖然幾乎沒有見過她的笑容，眼神裡也總是帶著某種憂傷，但這些都反而讓「他」更加對她著迷。

其實「他」一直很猶豫該不該把這名叫做詩乃的少女選做「死槍」的目標。如果她不只在

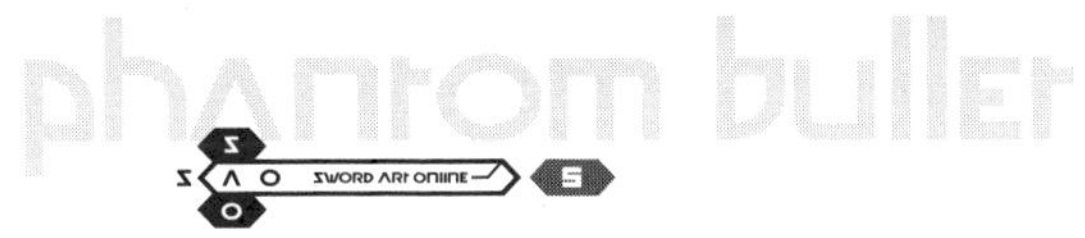

遊戲中，連在現實生活裡都願意把身心交給「他」的話——

但是「他」的另一半，也就是「死槍」的另一隻手臂一定很想親自為少女帶來死亡吧。詩乃在GGO裡是個冷酷的狙擊手，人稱冥界女神的她是遊戲裡無人不曉的玩家。可以說是最適合當成造就「死槍」傳說的犧牲品。

「他」伸出右手，用指尖輕輕撫過詩乃的照片。

在光滑面板所帶來的觸感當中，「他」確實感受到那名少女柔軟的肉體與溫度。

6

我打起方向燈，將車身往旁一壓通過一道大門。

這時我立刻感覺到走在行道樹道路兩旁的行人投射過來的責備眼神，於是我只好趕緊將摩托車的速度放慢下來。

這輛泰國製一二五ＣＣ·２行程中古破爛摩托車是我靠著艾基爾的關係買來的。在這個電動速克達已經成為主流的年代，我的車子總是發出讓人感到絕望的噪音，當直葉坐在後座時老是抱怨「又吵、又臭、又不好坐」。而每當她這麼抱怨時，我都會藉著「不懂這種聲音的話就沒辦法變成風唷」這種話來蒙混過去，但其實我內心也暗暗覺得早知道就買台排氣量規範之後的４行程速克達了。

尤其是現在正經過這種醫院內用地，懊悔的想法也就更加濃烈了。

用老驢拖車般的速度緩緩在兩旁都是行道樹的道路上行駛一陣子後，前方終於見到停車場入口。我一邊鬆了口氣一邊將機車騎進去，接著把車停在機車停車場角落。拔起現在已經很少見的兩段式車鑰匙並拿下安全帽後，隨即有股消毒水味道乘著十二月的寒風飄了過來。

今天是跟菊岡進行高級蛋糕會談一個禮拜後的星期六。

當他傳來電子郵件表示登入Gun Gale Online的場所已經準備好了時，我才心不甘情不願的開始行動，但不知為何他指定的場所竟然是千代田區裡一間規模龐大的都立醫院。雖然我平常不怎麼會到東京都心來，但至少還知道該怎麼到這間醫院。因為當初從ＳＡＯ裡解放出來的我，便是在這家醫院附設的復健中心裡進行恢復肌力的練習。

我在將近一個半月的復健後便出院了，但是之後也因為各種檢查而時常來到這裡。雖然已經將近半年沒到這裡過，但一抬頭看著這棟熟悉的白色建築物，內心便會湧起一股不知是懷念還是不安的微妙感慨。我輕輕搖頭將這股感傷由腦袋裡趕跑，接著朝醫院入口走去。

就在這時，六天前的禮拜天，我在醫院附近的皇居行人步道上對明日奈說明整件事經過的對話又浮現在腦海裡。

「……咦、咦咦咦？桐……桐人你不玩ＡＬＯ了嗎……？」

看見明日奈瞪大的眼睛開始有些濕潤之後，我急忙用力左右搖著頭說道：

「不、不是啦！只有幾天而已，然後我就會再轉回來了！其、其實……我因為有些事情得到別的ＶＲＭＭＯ裡去打探一下消息……」

聽見我的追加說明之後明日奈才鬆了口氣，但又立刻露出訝異的表情。

「打探消息……？但這之前你不是也用新設帳號做過好幾次這種事情了嗎？為什麼這次一定得用桐人這個角色呢？」

「因為……這次是……那個總務省眼鏡大叔的……」

我吞吞吐吐的告訴明日奈，約會地點之所以會選在皇居有一半是因為之前被菊岡誠二郎叫到附近，然後也把我和菊岡的一部分對話說了出來。

到達出口時剛好把整件事說明完畢，當我們將入場券還給收票窗口準備經過壕溝上的平川門橋時，明日奈用相當複雜的表情這麼對我說道：

「是菊岡先生的請託嗎……那就沒辦法了……雖然我還是沒辦法完全信任那個人……但他確實幫了我們不少忙……」

「嗯，我也跟妳有同樣的看法。」

這時我們兩個都露出了苦笑。

但是明日奈馬上就恢復認真的表情，緊握住我的手說道：

「……那你要快點回來喔。我們的家就只有一個地方而已。」

我點了點頭，看著壕溝的水面回答她道：

「那是當然。我馬上就會回ＡＬＯ了。我只是稍微探查一下『Gun Gale Online』這款遊戲的內情而已。」

是的——

我沒有向明日奈說出菊岡要我登入GGO的真正目的，其實是要和可能擁有某種神秘力量的玩家「死槍」做接觸。因為我知道一旦說出來，她不是阻止我，就是會表示要和我一起進入那款遊戲當中。

雖然這只是我自私的想法，但我絕對不會讓她再靠近有任何一點危險性的假想世界了。

當然我認為「死槍」根本有九成九只是謠言而已。

由假想世界裡造成現實世界裡的人死亡。再怎麼想也沒辦法相信會有這種事發生。

AmuSphere再怎麼說也不過是比一般電視機還要進步一點的機器而已。「假想世界」與「完全潛行技術」雖然讓人覺得好像是由科技中誕生出來的魔法一樣，但實際上它們也只不過一種方便的道具罷了，絕對不是什麼能夠把人類的靈魂由肉體分割出來然後帶進異世界的魔幻祕寶。

但是那僅存的一分可能性讓我不得不來到這個地方。

幾個月前，當我在整理PC硬碟內的電子雜誌時，發現了身為ARGUS開發負責人的茅場晶彥在SAO開始營運前接受了簡短訪談的記事。當時仍活在世上的那個男人曾這麼表示……

——所謂的艾恩葛朗特就是An Incarnating Radius，也就是「實體化的世界」的簡稱。各位玩家將在這裡面見到無數的夢想化為現實。除了劍、怪物、迷宮這些遊戲裡才會出現的記號會被實體化之外，那個世界裡還存在著足以讓玩家本身產生變化的力量——

確實我和亞絲娜都因此而改變了。當然艾基爾、克萊因、莉茲和西莉卡他們在那個世界裡生活的兩年當中，一定也有足以徹底讓他們人格產生變化的各種經驗。

但是如果茅場所說的「變化」不只有這種意思而已呢……？託製作ＶＲＭＭＯ程式套件「The seed」的福，現在假想世界連結構造體已經不斷無限增殖，如果在它角落裡真的出現一種足以讓假想世界與現實世界這種分類產生變化的因子呢……？

自動門發出「嗚咿」一聲後在我眼前打開，迎面而來的暖空氣與消毒藥水味打斷了我天馬行空的思考。

不論如何，既然如今現實世界裡已經出現兩名死者，我也無法斷言與「死槍」接觸不會發生任何危險。等我回到ＡＬＯ後，向明日奈說明這一切時一定會讓她大發雷霆。但我相信她最後一定會理解我為什麼要這麼做。

因為對我，也就是切斷艾恩葛朗特原本應該已經結束的時間軸，讓「The seed」程式套件擴散出去的桐人來說——除此之外別無選擇。

我先去上了廁所，然後才按照列印下來的郵件來到住院病房三樓的指定病房前面。門旁的牌子上沒有病人的名字。我敲完門後把門拉開——

「哈囉！桐谷小弟，好久不見了！」

出來迎接我的，是在漫長復健期間一直照顧我的女性護士。

她護士帽下方的長髮綁成一條大辮子，尾端的白色小緞帶正隨著走動而搖晃。身上穿著淡粉紅的制服，除了以女性來說算是相當高挑之外，那玲瓏有緻的身段對住院的男患者來說實在是一種折磨。而左胸上可以見到一塊寫著「安岐」的小名牌。

她有著一副總是笑臉迎人的嬌小臉龐，清秀得讓人一見就覺得她簡直就是白衣天使的最佳代言人，但是我很清楚她在必要時也能變身成惡鬼，所以我在僵硬一秒鐘左右便馬上低下頭回答：

「啊……妳、妳好，好久不見了。」

這時安岐護士突然伸出雙手，開始捏起我的肩膀、上臂以及側腹等處。

「哇……哇啊？」

「哦——已經比較有肉了嘛。不過還不夠唷，有沒有好好吃飯啊？」

「當、當然有了。說起來為什麼安岐小姐會在這裡……」

我環視了一下房間裡面，發現這小小的病房裡除了她之外沒有其他人在。

「事由我已經從戴眼鏡的官員那裡聽說了。你要幫他進行假想……網路？的調查對吧？你才回來不到一年，竟然就要你幫這種忙。然後他還說希望負責桐谷復健的我，可以幫忙注意顯示你身體狀況的儀器，所以把我今天的班全都排開了。他好像已經和護士長說好了，真不愧是有國家權力的人。總之暫時要請你多多指教囉，桐谷小弟。」

「啊……那、那就麻煩妳了……」

菊岡你這傢伙，搞這種小動作不就好像我對美女毫無抵抗力一樣嗎~我在心中暗暗咒罵不在場的探員，然後笑著握了握安岐護士對我伸出來的手。

「……那個戴眼鏡的官員不會來嗎？」

「嗯，好像說有一定得參加的會議。不過他託我把這封信交給你。」

打開護士交給我的茶色信封，把一封手寫信拉了出來。

『報告書就請你傳到以往的那個信箱裡。各種經費等到任務結束後會一起付給你，到時不要忘記申請。附記——不要因為和美女護士孤男寡女共處一室就壓抑不住年輕人的衝動啊！』

我瞬間把信連著信封一起揉成一團，然後把它放進騎士外套的口袋裡。這要是被安岐護士看到了，難保不會被她告我性騷擾呢。

對邊眨眼睛邊露出一臉訝異表情的她笑了一下之後，我開口說道：

「啊——……那我想趕快連線了……」

「啊，好的好的。已經準備好了。」

被帶到凝膠床那裡去的我發現床旁邊排著一大堆有螢幕的電子儀器，頭墊上那台全新的AmuSphere正發出銀色的光芒。

「那把衣服脫掉吧，桐谷。」

「什……什麼？」

「我要貼上電極片。反正你住院時早就被我看光了，所以不用不好意思——」

「……那個……只脫上面可以嗎……」

安岐護士瞬間考慮了一下，幸好她後來點頭同意我的要求。放棄掙扎的我脫下外套與長袖T恤，接著便躺在床上。護士馬上就在我上半身數個地方貼上心電圖螢幕用的電極片。AmuSphere雖然也有顯示心跳的機能，但菊岡很擔心萬一被駭客入侵而喪失那種機能時會對我有危險。光從這一點來看，就可以知道他倒是真的很擔心我的安危。

「好，這樣就可以了……」

護士最後確認完機器的螢幕後點了點頭，我則是伸手拿起AmuSphere，戴到頭上後按下電源開關。

「嗯，那……我要開始了。應該會待在裡面四、五個小時吧……」

「了解。我會仔細看著你的身體，你就安心的去進行任務吧。」

「那……那就拜託妳了……」

為什麼會變成這樣呢……事到如今才有這種疑問的我開始閉上眼睛。

同時耳邊也響起「嘰嘰」這種宣告準備完畢的電子音。

「開始連線。」

發出指令之後，早已習慣的白色放射光充滿整個視線，我的意識也由肉體裡被解放出來。

當我降到那個世界時，一開始便有了些微不適應的感覺。

而幾秒鐘之後，我馬上就知道不適應的理由。那是因為頭上是一整片帶著淡紅與黃色的天空。

我聽說「Gun Gale Online」裡的時間幾乎與現實世界相同。也就是說才剛過下午一點的天空應該與我剛才透過醫院窗戶見到的藍天一樣才對。但不知為什麼這裡竟會是這種憂鬱的黃色。

腦袋裡雖然想像了各種理由，最後我還是聳了聳肩停止繼續思考下去。成為ＧＧＯ舞台的荒涼大地是設定成最終戰爭之後的地球。可能是為了給人一種世紀末日的氣息才會這麼做吧。

我再度把視線朝向伸展在眼前的雄偉都市——ＧＧＯ世界中央都市「ＳＢＣ格洛肯」看去。

不愧是ＳＦ系ＶＲＭＭＯ裡最知名的遊戲，它的外貌與阿爾普海姆世界樹上新設的首都

「世界樹城市」，或是過去艾恩葛朗特各層主要城市的奇幻風格街道完全不同。

帶著金屬感的高層建築群像是要衝破天際般聳立於大地上，各建築物之間的空中迴廊就像網子般連結在一起。大樓間的凹陷處出現許多霓虹燈顏色的全息圖廣告，而越接近地面廣告就越多，整體看起來就像個由色彩與聲音形成的瀑布一般。

看了一下自己的腳邊之後，發現自己腳下既不是泥土也不是石頭，而是由金屬板鋪設而成的道路。

背後有看起來設定為初期角色出現位置的巨蛋狀建築物，眼前有一條類似主要街道的寬廣道路往前延伸。道路的左右兩側羅列著一大堆奇怪的商店，看起來就像是秋葉原巷子裡的模樣。

而往來於街上的每個行人都散發出狠角色的氣息。

這些人絕大部分是男性。可能是作為根據地的ＡＬＯ女性玩家比例較高，或者是那個世界的玩家外表多是瘦小精靈的緣故吧，看見這麼多穿著迷彩軍事外套或是黑色護甲的魁梧大漢昂首闊步走在路上的光景後，實在不知道該說讓人有壓迫感還是有種充滿活力的感覺，但老實說他們每個人都很邋遢。此外還都眼露兇光，根本沒辦法隨便向他們搭話。

其實還有另一個理由讓我無法隨便開口。那就是大部分玩家的肩膀或是腰間都掛著黑光閃閃的殺人武器——也就是槍械。

與可以拿來當成裝飾的劍或長槍不同，槍械就只有一種用途而已。那就是拿來當成武器、拿來打倒敵人。它被設計出來的形狀與色彩就只是為了達成這些目的。

原來如此，槍械就等於是這個世界的全部嗎？我在內心如此想著。

這個遊戲世界裡存在的就只有完全的「戰鬥、殺戮、搶奪」而已。在這裡可以說見不到任何ALO所提倡的「享受幻想世界裡的生活」等要素。

因此像是華麗或可愛的外表反而會變成對自己不利的要素。在戰場上為了讓敵人感到膽怯，像個凶惡士兵的外表也是重要參數之一。為此男人們多半蓄著大量鬍鬚，不然就是臉上有個醒目的傷痕。

話說回來，我的角色究竟有著什麼樣的外形呢。

我到這個時候才低頭看著自己的身體。為了吸引「死槍」注意並成為他的目標，當然希望自己能擁有一副類似好萊塢電影裡那種強壯士兵的體格。

……但我忽然有種不祥的預感。

我發現兩手的肌膚可說又白又滑，手指也是出乎意料之外的纖細。穿著黑色軍服的身體甚至比現實世界裡的我還要瘦小。以視點的感覺來判斷，身高應該也不會太高才對。

正如前幾天向亞絲娜說明過的那樣，我當然不是用全新角色來潛入這款Gun Gale Online。那麼做的話不知要到什麼時候才能遇上只攻擊強者的「死槍」。

利用ＶＲＭＭＯ開發支援程式套件「The seed」所生成——更詳細一點來說是在「Cardinal」系統上運作的遊戲世界裡，有一條唯一的最高原則存在。那就是「角色轉換機能」。只要使用的是The seed，就絕對無法削除這個機能。

只要利用這個機能，就可以把在某個遊戲裡培養出來的角色檔案與能力直接轉移到其他公司營運的遊戲裡面去。就像只要有手機ＳＩＭ卡在，就可以在其他手機上使用原本的電話號碼一樣。

比如說你在Ａ遊戲裡培養出筋力一〇〇、敏捷度八〇這種數值的角色，然後將這角色移動到Ｂ遊戲裡去。這時遊戲Ａ裡該角色的強度就會經過「相對平衡」的轉換程序，接著在Ｂ遊戲裡變成ＳＴＲ四〇、ＡＧＩ三〇這樣的角色。更簡單一點來說，就是將ＡＬＯ裡「中上」程度的「肉彈戰士型」角色轉生為ＧＧＯ裡「中上程度的戰士」。

當然這不是複製角色能力的機能。進行轉換的瞬間，原本世界的角色將完全消滅，而且能移動的就只有角色本體，道具類物品一概無法帶出，所以這雖然是個相當方便的機能，但還是需要相當的勇氣才能付諸實行。這次為了要將在ＡＬＯ裡使用的「守衛精靈‧桐人」轉換到ＧＧＯ來，我事前就把手邊所有道具都塞進艾基爾剛在世界樹城市開的雜貨店保管庫裡。如果沒有這種足以信賴的朋友，那就得有失去全部財產的覺悟了。

因為這個轉換機能，我在這個世界裡也能擁有與ＡＬＯ桐人相同的強度——話雖如此，但畢竟是一度初期化再重新培育的角色，所以沒有ＳＡＯ裡初代桐人那樣恐怖的數值——但因為外表與道具都不能帶出來，所以根本不知道由亂數生成的外表究竟會是什麼模樣。這麼一來當然還是希望能有一副強壯士兵的身體——

我一邊覺得不妙一邊看著四周圍，發現剛才走出來的巨蛋外壁上有鏡面玻璃，於是我便朝那裡走了過去。

接著我馬上驚訝的瞪大了眼睛。

「這……這是怎麼回事啊？」

照在玻璃上的身影與自己的希望可說是差了十萬八千里。

身高明顯比守衛精靈時代還要矮，而且還更瘦小。髮色雖然還是黑色，但頭髮卻從頭頂一直柔順地延伸到肩胛骨。臉則是和手一樣是通透的白色，再加上一張鮮紅的嘴唇。

眼珠的顏色雖然與頭髮一樣，繼承了ＡＬＯ角色的黑色，但卻是生得又大又亮。上緣有長長睫毛的眼睛由鏡子裡投射出純潔又妖豔的眼神，我不由得忘了鏡子裡的人是自己而把視線移開了去。但馬上又由正面看著鏡子並長長地嘆了口氣。

雖然亞絲娜常說「ＳＡＯ裡的桐人長得很像女孩子」，但現在這副模樣早就超出「像」的範疇了。正當我呆呆站在鏡子前面，心想這副模樣是要怎麼做才能像個堅強士兵時，在離我稍遠處吃著東西的男人忽然跑了過來，他從背後對著映照在玻璃上的我說道：

「哦哦，小姐妳運氣不錯哦！這個角色是Ｆ一三〇〇系列的對吧！這類型真〜〜〜的很少見呢。妳剛剛才開始遊戲對吧，要不要整個帳號都賣給我啊？我出二Ｍ點數！」

「…………」

我用思考停止的狀態看著男人的臉一陣子之後，突然想起某種可能性而急忙用雙手摸了一下自己的胸部。幸好那裡還是像飛機場一樣平坦，沒有那種讓我擔心不已的觸感。看來並不是恐怖的性別倒錯事故。

最近的ＶＲ遊戲幾乎全面禁止玩家與角色改變性別。聽說理由是因為常時間使用異性的角色將會對精神‧肉體產生無法忽視的不良影響。雖然角色性別是根據玩家的腦波頻率所判定，但還是會有極少數因為某種差錯而被判定為異性，等到玩家潛行之後才嚇了一大跳的事故發生。

現在回想起來，可以設定相反性別的初代ＳＡＯ在一開始後，馬上強制將玩家恢復為本來的性別，可能就是茅場早已預料到會有這種「不良影響」出現了吧……我的腦海裡一瞬間想著這種完全不相干的事情，接下來才聳了聳肩，然後看著男人的臉對他說：

「啊……抱歉，我是男的。」

發出來的聲音雖然算低沉，但也還是像女孩子的音調。我有氣無力的回完話後，等待對方回應，結果對方張大嘴巴沉默了一段時間後，隨即用比剛才還要誇張的態度說道：

「那、那……那是M九〇〇〇系列的囉？太、太厲害了，這樣我出四，不，我出五M點數。賣、賣給我吧，拜託你一定要賣給我！」

別說是賣了，要我送都沒關係，應該說把你的外表換給我吧，雖然我的心裡這麼想，但事情還是不可能這順利。

「那個……這不是初期角色，是從別的遊戲轉移過來的。所以我不想把它賣掉，抱歉了。」

「這……這樣啊……」

男人帶著一臉遺憾的表情由各個角度觀察我，不久後才像是恢復冷靜般這麼問我：

「聽說在帳號上花許多時間才轉換的話就比較容易獲得這種稀有角色。可不可以告訴我你這個帳號的遊戲時間，好讓我當成參考？」

「咦？遊、遊戲時間？」

我再次陷入了沉思當中。轉換前的帳號，也就是劍士桐人由SAO到ALO的總遊戲時間，最少也有兩年……也就是七百三十天乘以二十四小時……

「嗯……一萬……」

差點就老實回答的我急忙把話收了回來。VRMMO類型的遊戲才開始三年左右的時光，除了舊SAO玩家之外不可能有人會有超過一萬小時的潛行經驗。

「沒、沒有啦，大概一年左右。所以我看應該是偶然而已吧。」

「嗯——這樣啊……好吧，如果你改變主意的話就連絡我。」

男人說完之後便交給我透明卡狀的道具，接著便依依不捨的離開了。當我看著這寫有角色名稱、性別、所屬公會等資料的卡片不久後，它便主動消失了，不過這些資料應該已經被紀錄在系統視窗的聯絡名冊裡了吧。

我則是不死心地側眼看著玻璃裡的自己，心想不知道有沒有什麼辦法可以補救，但最後還是做出無計可施的結論。

這次的轉換紀錄將會留在我的角色檔案裡，當我回到ＡＬＯ時便會恢復成那個刺猬頭守衛精靈・桐人的模樣，而再度來到ＧＧＯ世界時也還是會變成這個不知道是男是女的角色。

把「在不幸中找出幸運」當成座右銘的我之後又考慮了數分鐘，好不容易才擠出一個這種模樣的「好處」。

來到這個世界的目的是要跟那個謠傳中的玩家「死槍」接觸，雖然不想被他槍擊但還是得要判別他的能力究竟是真是假。因此我必須盡量展現自己的實力並且吸引人的注意。

ＧＧＯ這種類型的遊戲，女性玩家應該相當稀少才對，這種乍看之下像美少女的模樣雖然與我希望的方向不同，但無疑依然是非常顯眼。雖然在戰場上無法發揮出任何的壓迫感，但也只有用戰鬥能力來彌補這個缺點了。

至於要怎麼宣傳自己的實力，我倒是已經有了一個主意。

通常利用進行遊戲——也就是攻略迷宮還有我不是很願意做的ＰＫ玩家來出名都得花上不少時間，所幸這款遊戲幾天之後便要舉行「Bullet of Bullets」這個決定最強玩家的活動。屆時我將報名參賽，然後想盡辦法打入大混戰形式的正式大賽當中。只要能打進前幾名來闖出名號的話，「死槍」他應該會注意到我才對，當然很有可能他自己也參加了這場大賽。

雖然不知道在這個首次潛行的遊戲裡自己能拚到什麼樣的地步，但也只有試試看了。雖然與拿槍的對手作戰不可能和面對ＡＬＯ裡的弓箭手或魔道士時一樣，但只要是ＶＲＭＭＯ的話，多少還是會有共通點才對。如果拚盡全力——卻還是力有未逮的話，那就是菊岡的責任了，因為原本就是他把這件不可能的任務硬塞給我的。

總之還是先去報名參加大賽和買裝備吧。

我最後看了自己的模樣一眼，接著用鼻子哼了一聲，才開始朝主要街道走去。走著走著才發現自己竟然在無意識當中用指尖撩起臉頰上的長髮，整個人馬上又陷入了憂鬱的氣氛當中。

——幾分鐘後，我立刻迷了路。

ＳＢＣ格洛肯這座名字奇怪的都市看來是由好幾個廣大區域堆積而成的多層構造。在不知該往何處去的我眼前，有像縮小版浮游城艾恩葛朗特的樓層聳立著，而遙遠上方的開口處可以見到小小的夕陽天空。高樓大廈就像是要貫穿每個樓層般並排著，而連接各大樓的空中迴廊、電梯與手扶梯都閃爍著光芒，看起來是一幅相當美麗的景象，但實際上卻是像迷宮一樣複雜。

當然只要把主選單叫出來就可以看見詳細的立體平面圖，但要對照標示在上面的現在位置與眼前的景象實在相當困難。

如果這是單機版ＲＰＧ的話，隨便亂走就有可能回不到現在的位置，但所幸這款遊戲是ＭＭＯ。像這種時候還有一個手段可以用。

我從眼前川流不息的行人當中找出一個不是ＮＰＣ而是玩家的箭頭然後跑了過去，接著從背後向對方搭話道：

「那個──抱歉，可不可以讓我問一下路……」

我當下立刻覺得情況不妙。

因為轉過頭來的是個女孩子。

柔順的淡藍色短髮雖然沒有經過任何設計，但綁在額頭兩側的一小撮頭髮卻相當顯眼。清晰的眉毛下方那像貓科動物般的藍色大眼睛正閃爍著光輝，更下方則是小巧的鼻子與淡紅色的嘴唇。

等等，說不定眼前這個人也跟我一樣其實是個長得像少女的男生，想到這裡時我便以電光火石的速度往那人身體瞄去，但馬上見到土色圍巾下，外套拉鍊敞開露出的襯衫下方確實鼓了

起來。而且仔細一看之後可以發現對方相當嬌小。剛才之所以沒有發現是因為我自己的視線也變低了。

ＶＲＭＭＯ裡男性玩家對女性玩家說「我迷路了」這種話時，通常有七成左右是要搭訕。正如我所擔心的，轉過頭來的女性臉上帶著相當明顯的警戒表情──但出乎意料之外的是，那種表情馬上就消失了。

「……妳第一次玩這遊戲？想去哪裡？」

她發出清澈聲音的嘴角甚至還帶著些許微笑。我正心想這到底是怎麼一回事的時候，忽然想通原因在哪裡。這個女孩子與剛才想購買我這個角色的男人一樣誤會我是女生了。這真是太糟糕了。

「啊──那個……」

我反射性地準備說出自己的性別，但又急忙把話收了回來。

這樣對我來說或許比較方便。在這之後要再找個男性玩家，然後又被誤認為是女性的話那可就有點麻煩了。基於「可以利用的事物就盡量利用」是我的第二座右銘，所以雖然對眼前這名女性不太好意思，但我還是暫時讓她誤會一下好了。

「對，我是第一次玩這遊戲。我想要找便宜的武器店，然後還要去總統府這個地方……」

我用有點低沉又沙啞的聲音回答完後，女孩稍微歪著頭對我說道：

「總統府？妳要去那裡做什麼？」

「那個……我要去報名即將舉行的大混戰活動……」

一聽見我這麼說，少女本來就很大的眼睛就瞪得更大了。

「那……那個，妳是今天才開始玩這遊戲的對吧？當然不是不能參加這個活動，但妳的能力值或許不太夠……」

「啊，這不是初期的角色。我是從其他遊戲裡轉過來的……」

「原來如此。」

女孩子藍色眼珠閃爍了一下，這次嘴角露出了明確的笑容。

「我可以問一下嗎？妳為什麼會想到這個滿是灰塵又充滿油臭味的遊戲來呢？」

「那是因為……我之前一直在玩奇幻系的遊戲，所以偶而也想玩些未來類型的遊戲……而且對拿槍戰鬥也有點興趣。」

當然這些都不是謊言。我對用劍進行近身戰鬥所鍛鍊出來的ＶＲＭＭＯ直覺究竟能不能在ＧＧＯ裡發揮功效多少也有些興趣。

「這樣啊——不過一開始就要參加ＢｏＢ，妳可真有勇氣啊。」

女孩子嘻嘻笑了一下後便用力點著頭說：

「好，我帶妳去吧。我也正好要去總統府。不過在那之前要先到槍械店去。妳有喜歡的槍嗎？」

「呃、嗯……」

忽然聽到這個問題，我一時之間也回答不出來。看見我吞吞吐吐的模樣後，女孩再度微微一笑。

「那我們就到有各式槍械的大賣場去吧。往這邊走。」

她轉過身後便往前走去，我則急忙朝她搖晃的圍巾尾巴追了上去。

經過了一連串絕對不可能記住的彎曲小巷、移動步道與階梯，走了幾分鐘之後突然來到了一條大馬路。而正面就是一間看起來像外國連鎖超級市場的明亮店鋪。

「就是那裡了。」

女孩子不斷穿過人群往店裡邁進。

寬廣的店內充滿了各種顏色的燈光與喧囂，簡直就像遊樂園一樣。NPC店員全部是身穿暴露銀色制服的美女，雖然她們對每個客人都露出天真浪漫的營業笑容，但讓人吃驚的是無論她們手裡或者四面牆壁上全部都是發出黑光的粗大手槍與機關槍。

「好……好誇張的店啊……」

聽見我說的話後，身邊的女孩也露出苦笑。

「其實跟這種適合初玩者的商店比起來，更專門一點的店家裡才有比較好的發掘物。不過先在這裡找到偏好的槍系統後，再到那種店裡去就可以了。」

聽她這麼一說，我就注意到店裡的玩家確實都穿著顏色鮮豔的服裝，與女孩的沙漠色服飾比較之下，就給人一種初學者的印象。

「那妳的能力值是哪種類型的？」

經她這麼一問，我也開始考慮了起來。雖然是異世界之間的轉換，不過角色的能力傾向應該也被繼承過來了才對。

「那個……應該算是肌力優先，接下來才是敏捷度……吧？」

「STR—AGI型嗎。那就選稍微有點重量的突擊步槍或是口徑較大的機關槍當主武器，然後輔助武器選中距離戰鬥用的手槍比較好……啊……但是妳才剛轉換過來對吧？那妳現在有多少錢……」

「啊……對、對哦……」

我急忙揮動右手把視窗叫出來。就算能力可以轉換，道具與金錢也無法帶到這裡來。也就是說倉庫欄下端所表示的金額只有——

「嗯……只有一千點。」

「那根本就是初期金額嘛……」

我和女孩子面面相覷，彼此都露出了苦笑。

「嗯……」

馬上恢復原本表情的女孩子把右手靠在嘴唇上，然後歪著頭說：

「……這點錢的話八成只能買把小型雷射槍吧……實彈系的話可能只有中古的左輪手槍……怎麼辦呢……那個──如果不嫌棄的話……」

我察覺她接下去要說什麼，於是急忙搖了搖頭。無論是在什麼ＭＭＯ裡，菜鳥玩家接受老鳥玩家過剩的援助都不是一件值得鼓勵的事情。雖然我不是來這個世界玩的，但這也是我身為遊戲玩家不可退讓的原則。

「不、不用了，不能這樣麻煩妳。那個……有沒有什麼可以迅速賺錢的地方？我聽說這遊戲裡是有賭場的……」

結果女孩子終於露出有些無奈的笑容。

「那是在有多餘的錢時，以絕對會輸掉做前提去玩比較好唷。當然這裡面到處都有或大或小的賭博場所。我記得這家店也有……」

她轉過頭指向店裡深處。

「類似賭博的遊戲唷。妳看。」

她纖細指尖所指的前方，可以見到裝飾著閃亮電燈的巨大裝置。

接近一看之下，發現那是佔據了牆壁一角，以遊戲機來說實在太過於巨大的物體。

它的寬度大概有三公尺，長度大概有二十公尺左右吧。鋪著金屬板的地面被高及腰部的柵欄圍住，最深處則有一個西部槍手模樣的ＮＰＣ站在那裡。眼前的空間沒有柵欄，但有一根金屬棒與類似櫃檯的四角形柱子。

時常會從腰間拔出巨大手槍，然後用指尖一邊轉著手槍一邊講出挑撥性台詞的槍手後面則是充滿無數彈痕的磚牆，其上方還有霓虹燈寫著「Ｕｎｔｏｕｃｈａｂｌｅ！」字樣。

「……這是？」

當我這麼一問，女孩子便一邊動著手指一邊解釋道：

「從眼前的閘門進去後，看你能躲過裡面ＮＰＣ的槍擊前進到哪個位置的遊戲。目前為止的最高紀錄就是那裡。」

伸出去的食指指尖指著柵欄內側地面上一條發出紅光的細線。那是超過全長三分之二距離的地方。

「這樣啊。那一次要多少錢……？」

「嗯，我記得玩一次要五百點，突破十公尺可拿到一千，十五公尺則是兩千點的賞金。如果可以碰到那個槍手的話，玩家至今為止貢獻的所有金錢就全歸那個人了。」

「全、全部？」

「妳看，看板的地方有寫現在的總金額唷。個、十……大概三十萬多一點吧。」

「好……好高的金額！」

「因為根本不可能成功的啊。」

女孩子立刻這麼回答，然後聳了聳肩後又接下去說道：

「當妳超過八公尺線時那個槍手射擊速度就會像魔鬼那麼快。明明是左輪手槍，還能用超高速裝填速度來進行三發連射。等看見預測線時根本已經來不及了。」

「預測線……」

這時女孩拉了拉我的袖子，小聲地說道：

「看，又有不自量力的人出現了。」

將視線由槍手身上移回入口處時，發現有三名男子正往那裡靠近。

其中一人穿著白底淺灰，應該是寒冷地帶式樣軍用外套的男人一邊提振自己精神一邊站在閘門前面。他用右手掌在櫃檯上端的面板部分按了一下，可能這樣就算付費了吧，接著馬上出現觀眾的陣天歡呼聲。店裡各處馬上有聽見聲音的十多名觀眾聚集了過來。

ＮＰＣ槍手用英文說出「看我把你的屁股轟飛到月球上」的低俗發言，接著便將右手放在槍套上。寒冷迷彩男的前面出現了由綠色全息圖表示的巨大數字「３」，數字隨著效果音逐漸減少為２、１，當成為0的同時成為閘門的金屬棒也就打了開來。

「嗚哦哦哦哦啊啊啊！」

寒冷男大叫幾聲後便往前衝去——但馬上又張開雙腳緊急煞車。只見他睜大雙眼，忽然呈現上半身向右傾斜，左手、左腳抬起來的奇妙姿勢。

當我還以為這是什麼舞蹈的瞬間，寒冷男的頭部左側十公分處、左腋下方以及左膝下方都有閃爍紅色光芒的子彈經過。雖然寒冷男很漂亮地躲開了由ＮＰＣ槍手的手槍後所發射出來的三發子彈——但看起來簡直就像他能預知子彈要從哪裡經過一樣。

「……剛才那就是彈道……？」

我皺著臉小聲問完後，淡藍色頭髮的女孩便輕輕點了點頭，接著同樣小聲回答道：

「對，那是藉由『彈道預測線』所做的攻擊迴避。」

寒冷男等火線消失後便再度往前猛衝，但馬上又停了下來。他這次換成大大張開雙腳，上半身彎曲九十度的姿勢。

接著兩發子彈伴隨著尖銳的聲響一發經過男人頭上，另一發穿過他的跨下。男人再次往前然後又停止。這簡直就像在玩「一二三木頭人」一樣。

寒冷男展現敏捷的動作，馬上就前進了七公尺左右。現在還差三公尺左右獎金就可以加倍了——但就在這個時候……

至今為止以相同間隔時間發射三發子彈的ＮＰＣ槍手，忽然開始改變間隔時間先發射兩發子彈，接著才又射出一發。寒冷男雖然跳起躲過較晚過來的那一發子彈，但著地時卻失去平衡而單手撐著地面。急忙準備站起身來的他卻已經為時已晚。槍手右手一閃，發射出來的火線便在男人白色背心上引發了橘色火花。

這時響起觀眾喝倒彩的聲音。槍手則開始叫著低俗的勝利宣言，接著背後的總金額隨著輕快的金屬聲往上升了五百點。寒冷男垂頭喪氣的來到閘門外。

「……看吧？」

身邊的女孩子在圍巾底下微微一笑然後再度聳了聳肩。

「如果能夠左右大幅度移動那就還好，但幾乎只能直線往前衝，所以大概到那邊就是極限了。」

「嗯……原來如此。看見預測線時就已經太遲了嗎……」

我低聲說完後便跨步往閘門走去。

「啊……等等，妳怎麼……」

我揚起一邊嘴角對瞪大眼睛叫住我的女孩笑了笑，接著便將用手放在櫃檯上。聽見舊式收銀機那種「喀鏘」的聲音後，馬上就傳來熱鬧的歡呼聲。

不知道是因為又有新的笨蛋出現，還是因為我長得一副柔弱的模樣，旁邊觀眾與包含寒冷男在內的三人組開始騷動了起來。戴圍巾的女孩則雙手扠腰，表示無奈般的輕輕搖了搖頭。

槍手在發出與剛才不同叫罵聲的同時，我眼前也開始了倒數計時。

我沉下身子，擺出準備全力衝刺的姿勢。數字歸零，金屬條打開的瞬間我便朝地上一踢衝了出去。

前進幾步之後，槍手的右手立刻舉了起來，而它手裡那把手槍的尖端開始延伸出三條紅線。線條各自瞄準了我的頭、右胸與左腳。

——一有這種感覺，我便不加思索地向右前方跳了過去。接著橘色火線立刻擦過我的身體左側。我用右腳往金屬地板一踢，整個人又回到中央。

這是我第一次在ＶＲＭＭＯ遊戲裡面對槍械。

但是在ＡＬＯ以及ＳＡＯ裡都有許多能進行弓箭、毒液、魔法等遠距離攻擊的怪物。而要躲過這些飛行道具只有唯一一種方法。那就是從敵人的「眼睛」判斷出射線。而這應該是開發者茅場晶彥的堅持吧，在Cardinal系統上運作的ＶＲＭＭＯ怪物全部都有將視線移往瞄準部位的特性。當然——這是僅限於該怪物有類似眼睛這種器官的時候。

眼前這名拿槍對準我的槍手應該也得遵照這個原則才對。

我完全不看向紅色彈道預測線與黑色槍口，只是一直凝視著槍手的眼睛，試著從那隨處移動的無機質眼睛裡感覺子彈飛過來的軌道。我在感覺軌道的同時也以最小動作往左右或者是上下移動來不斷躲過靜靜出現的預測線。當子彈實際經過時，我早已經進入繼續往前衝刺的姿勢了。

躲過兩次三連發射擊後的我已經超過十公尺線，這時似乎有聲短暫的效果音響起。但我根本沒有意識到這道聲音。

槍手發射完六發子彈後把空的迴轉式彈倉退出來，當空彈匣往後方飛去的同時它也用左手一口氣裝進六發子彈，「喀嚓」的清脆聲響後彈倉又被裝回槍身裡面，而這整個過程不過花了〇．五秒的時間——這確實可以說是作弊般的快速——接著槍口馬上再度對準了我。

接下來的攻擊與之前那種間隔分明的三連射完全不同。子彈開始以不規則頻率朝我襲來，先是兩發接著才又有一發與三發子彈飛來。我有一半以上依靠感覺來躲過這些子彈，然後又往前推進了五公尺。耳邊再度有歡呼聲響起。同時槍手又電光火石地完成了半秒裝填子彈。

距離還剩下五公尺，敵人已經近在眼前。或許只是錯覺吧，總覺得可以很清楚看見ＮＰＣ槍手那滿是鬍鬚的臉因為憎恨而扭曲了起來。

西部牛仔帽下面的黑色眼睛不斷微微轉動，往我胸部的高度看了過來。我做出無法左右迴避的判斷後，立刻將身體倒下然後在金屬地板上滑行。穿過根本與機關槍沒有兩樣的六條火線之後，我又縮短了兩公尺半的距離。

這下子敵人又沒子彈了。只要有裝填子彈那〇．五秒的時間，我就能夠碰到它了。

一邊起身一邊這麼想的我，馬上感覺到槍手的眼睛露出了笑意。

我反射性改變往前衝的打算，整個人用力向上跳了起來。

左輪手槍沒裝填子彈就直接發射六發雷射貫穿我剛才站的地方。

這也太誇張了吧！我在嘴裡這麼叫著，然後空中一個轉身後在槍手眼前著地。

雖然很想在這時候講出一句耍帥台詞來，但在敵人使出最後一招——比如說從眼睛裡發出死光等等——之前，還是得先下手為強才行，所以我迅速往穿著皮背心的敵人胸口敲了下去。

就像店裡的聲音完全消失般的一陣寂靜之後。

「ＯＨ ＭＹ ＧＯＤ————！」

槍手隨著震天尖叫抱住了頭，接著整個人跪到地上。同一時間揚起了一陣瘋狂的觀眾歡呼聲。

這時歡呼聲中開始混雜著喀啦喀啦的聲音，我抬頭看是怎麼回事之後，發現槍手身後的磚牆像由內側爆發般整個崩毀。當我還來不及驚訝時，內部便有金幣像下雨般不斷流出來。它們一邊發出清脆聲音一邊在在我腳邊反彈起來，最後便消失無蹤。

霓虹燈看板下面標示總金額的數位數字迅速減少，當它變成零時金色瀑布也停了下來。當更吵雜的聲音在店內響起時，遊戲已經重新設定，槍手也站起身來用手指轉著手槍。雖然嘴裡還是嚷著挑撥意味的低俗言語，但在剛才露了一手誇張的十二連射之後，我很懷疑還會不會有人想要挑戰。

「呼……」

我喘了口氣之後從左側柵欄打開的出口離開遊戲步道。

不知何時增加了一倍的觀眾群裡立刻發出了震耳欲聾的歡呼聲。到處可以聽見「剛才那是怎麼回事」「那女孩是誰」的聲音。

由人群角落小跑步過來的藍髮少女瞪大像貓一般的眼神凝視著我。幾秒鐘後從她嘴唇裡流出沙啞的聲音。

「……妳的反射神經也太恐怖了吧……？最後竟然還能躲過眼前……大概兩公尺左右射過來的雷射……那種距離之下彈道預測線與實際射擊已經幾乎沒有時間差了才對……」

「嗯，那個嘛……因為……」

我因為不知道該怎麼回答而考慮了好一陣子，最後才說：

「因為這個閃避子彈的遊戲不就是要預測彈道預測線嗎？」

「預……預測彈道預測線？」

女孩可愛的叫聲貫穿店內的空氣。而其他圍觀的群眾也都張大了嘴說不出任何話來。

幾分鐘之後，在人群好不容易散開的武器店一角，我看著展示櫃裡各式各樣的步槍然後歪著頭說：

「嗯～這把突擊步槍明明口徑比衝鋒槍小，但為什麼體積會比較大呢？」

當我對站在旁邊的那名親切女孩提出這相當簡單的問題時，她似乎仍未從驚訝的心情中恢復過來，只見她像隻怕生的貓一般以充滿警戒心與好奇心的眼睛看著我。

「……連這種事情都不知道，但卻有那種驚人的迴避技巧……妳說妳是轉移過來的對吧。之前是在什麼樣的遊戲裡？」

「嗯……就是很普通的奇幻系遊戲啊……」

「是嗎……嗯——算了。既然妳要參加ＢｏＢ初賽的話，就有機會能見到妳實際作戰的情形。妳剛才說什麼？突擊步槍口徑比較小的理由？那是由美國的Ｍ１６步槍所開始的，藉由小口徑高速彈提升命中準確度與貫穿力的設計思想……」

講到這裡時少女忽然閉上嘴巴，接著好像為自己的發言感到無奈般繃起一張臉。但這種奇怪的反應一瞬間就消失，她臉上馬上又出現了些許微笑。

「……這種事應該不重要吧。來，快點把妳的東西買一買。」

「好……那就麻煩妳了。」

她將視線從感到訝異的我身上移開後，便從大展示櫃前緩緩往前走去。

「有三〇〇Ｋ(三十萬)點數的話應該就可以買很不錯的武器了……不過最後還是要看個人的喜好與要求就是了。」

「要求嗎……」

我跟在少女後面，不斷看著各種閃爍黑色光芒的槍械，但都沒有特別喜歡的感覺。其實這也不能怪我，因為我對槍械的知識全部就只有「手槍可分為左輪手槍與自動手槍」而已。

當我還在沉吟之際，不知不覺間就來到了店裡密集的陳列架最尾端。這樣的話乾脆就拜託她幫我選吧——正當我這麼想時，眼睛正好看見了一樣很奇特的物體。

長形展示櫃的角落裡排著幾根很明顯不是槍械的金屬筒狀物體。

它的直徑是三公分，長度應該有二十五公分左右吧。一側垂著像登山用扣環般的金屬部分，另一側則顯得比較粗，中央還有像某種發射口般的黑色洞穴。既然陳列在這家店裡，那應該也是槍械的一種吧。但卻看不出有握把與扳機這些部位。只能發現筒子側面上方有一道小小的開關。

「請問這是……？」

問完之後女孩子的眼神便往這裡瞄了一下，然後再度輕輕聳了聳肩膀。我想這應該是她的習慣性動作吧。

「啊啊……那是光劍啦。」

「框、框劍？」

「是發光的光。正式名稱應該是『光子劍』，但大家都隨口叫它雷射光劍、光劍或者是光束軍刀等等。」

「是、是劍嗎？這世界裡也有劍啊！」

我急忙把臉貼近展示櫃。一聽她這麼說後，我便發現這的確很像古老科幻電影裡，維護宇宙秩序的武士們手裡所拿的武器。

「有是有啦，但實際上沒有人在使用。」

「為……為什麼？」

「那當然是因為得在超近距離才能擊中對方，等到妳接近之前早就被人家打成蜂窩了……」

女孩子講到這裡後便停了下來，稍微張開嘴唇直盯著我看。

原本差點大笑出來的我趕忙轉換成微笑，接著開口說道：

「也就是說只要能接近就可以了吧。」

「雖、雖然妳的迴避技術是很厲害沒錯，但在遇上全自動的槍械時……啊……」

女孩仍未說完之前，我便從展示櫃裡的光劍裡找到一把自己喜歡的暗黑色光劍，然後用指尖朝它點了一下。在彈出式視窗裡選擇「ＢＵＹ」選項後，ＮＰＣ店員馬上以驚人速度飛奔過來，滿臉笑容地把金屬面板狀的東西交給我。注意到面板中央有與剛才遊戲櫃檯上相同的綠色掃描器之後，我便把右掌壓了上去。

輕快的結帳效果音響起，呼一聲就有一把黑色光劍實體化出現在面板上。我拿起來之後，店員便笑著說「謝謝惠顧～」並且行了個禮，然後用與剛才同樣的速度回到位置上。

「……啊……買下去了。」

女孩以右斜上四十五度角的視線看著我並這麼說道。

「當然每個人喜歡的戰鬥方式都不同啦……」

「沒錯。就算是劍，既然有在賣的話就表示一定可以派得上用場。」

我一邊回答，一邊用右手握緊短短的筒狀武器，然後將它拿到我身體前方。用大拇指按下開關之後，藍紫色能源光刃便隨著「嗡」一聲的低震動音冒了出來。伸出去足有一公尺長的刀刃立即照亮了四周圍。

「哦哦……」

我不由簡短的叫了一聲。雖說自己到目前為止已經握過大大小小不同的劍，但這還是第一次拿到劍身是由無實體光芒所構成的劍。

我凝視著它一陣子後，發現刀鋒沒有方向性，整個圓切面就像細長筒狀一樣。我試著擺出中段姿勢，接著使出即使沒有系統輔助也已經相當熟練的ＳＡＯ時代單手劍技「垂直四方斬」。

光劍一邊在手裡發出悅耳的「嗡嗡」聲，一邊在空中劃出複雜軌跡，最後倏然停止。當然我的手沒有感覺到任何因為劍的重量所產生的慣性抵抗。

「哇──」

女孩在我身邊拍了幾下手後，臉上出現了吃驚的表情。

「還頗像一回事的嘛。奇幻世界裡的劍技嗎……看來可不能小看妳囉？」

「沒、沒有啦……不過這可真是輕啊。」

「那是當然囉。這武器除了輕之外就沒有別的優點了。好吧──如果妳主要武器要選那個的話，至少輔助武器也要有把ＳＭＧ手槍比較好。也要有牽制性武器才能接近敵人嘛。」

「原來如此……這倒是真的。」

「妳還剩多少錢？」

把視窗叫出來後發現原本有三十萬點的我，現在已經剩下十五萬點左右了。我將數字說出來後，女孩便眨了眨眼然後輕輕聳了聳肩。

「嗚哇，光劍怎麼會那麼貴啊。還剩下一百五十Ｋ嗎……還要加上防具與子彈的錢，也只能買手槍了。」

「其他的就全部拜託妳了。」

「要參加ＢｏＢ的話還是實彈系比較好……拿來牽制用的話，準確度應該比威力來得重要吧……嗯……」

女孩子一邊乾咳，一邊在排著一堆手槍的櫃子前慢慢走著，最後她指著其中一把說：

「雖然這樣就快沒錢了，但這把『FN・5—7』應該不錯。」

纖細指頭的前方是一隻擁有平滑圓潤握把且略為小型的自動手槍。

「5……7？」

「那是指口徑。因為是五・七毫米，與普通的九毫米魯格彈相比確實是小了一點，但形狀與狙擊彈相似所以命中率與貫穿力算是相當優良。因為是特殊子彈，所以只能和FN製的衝鋒槍『P90』共用，不過妳只有這把槍而已應該沒關係吧……」

「這、這樣啊……」

聽見她這種毫無窒礙的解說之後，我又再度對這名淡藍色頭髮的少女有了些微興趣。

因為GGO是性別固定的遊戲，所以現實世界裡的她一定也是女性，但還是無法得知她的人種與年齡。只是依據我的感覺，她的歲數應該跟我差不多才對。

既然玩這款MMORPG，熟悉遊戲內道具其實是理所當然的事。像亞絲娜和莉法在提到ALO內的劍與魔法時，不講個五十分鐘是不會結束的。

但是——總覺得「槍」和那些東西完全不同。而且聽說GGO裡登場的槍械有大半是真正存在於現實世界裡的武器。而這種武器很容易讓人聯想到血腥與殺戮。這名與我同年紀的女孩子潛入這樣子的世界，然後還持續作戰到變成了解所有槍械知識的老鳥玩家，我倒是對她的動機以及原動力感到相當有興趣呢……

「喂，妳有在聽嗎？」

「啊，有、有啊。」

我急忙中斷思緒點了點頭。

「那我就買這把。其他還有什麼應該要買的東西嗎？」

買下她推薦的「5—7」左輪，不對應該說是手槍之外，還按照她的指示買了預備彈匣、厚重的防彈夾克、皮帶型的「對光學槍防護罩產生器」等小型裝備，當購物完成時剛才玩避彈遊戲賺來的三十萬已經化為泡影。

我一邊感覺右腰上光劍、左腰上5—7的新重量一邊走出商店，來到外面之後才發現黃昏色天空開始略微泛紅了。

「抱歉耽誤了妳那麼多時間。真是太感謝妳了。」

我低頭致謝之後，女孩子在圍巾底下微微一笑，接著又搖著頭說道：

「不會，我在預賽開始之前也沒什麼事。啊……」

女孩說到一半便停了下來，然後急忙往左手上粗大的自動錶看去。

「糟糕，三點就截止報名了。嗚哇，就算用衝的到總統府可能也來不及……」

「咦，妳也是接下來才要去報名嗎？」

「嗯。」

被鐵青著一張臉的少女所影響，我也朝剛買的數位錶看去。上面顯示的時間是——十四點五十一分。

我抬起頭，慌張地問：

「那、那個……這裡沒有瞬間移動的手段嗎？像是轉移道具還是魔法，不然就是超能力什麼的……」

「一邊跑一邊跟妳說！」

女孩子叫完之後便轉過身子，朝著大路的北邊衝了出去。我趕緊朝那搖晃的圍巾追去。花了幾秒鐘趕上她之後，她朝我瞄了一眼，然後用緊張的聲音說：

「……這個ＧＧＯ裡，發生在玩家身上的瞬間移動現象只有一種。那就是死亡回到復活地點時。格洛肯地區的復活地點是在總統府附近沒錯，但街道裡ＨＰ是絕對不會減少的，所以沒辦法用那種方法……」

我們繞過往來於街道上的ＮＰＣ與玩家全力往前衝刺，少女也同時不停向我解釋著。而我則是得用上全部的心力才能夠趕上她。除了不習慣變得比ＡＬＯ時還低的視點之外，她跑步的速度也確實快到了極點。與其說是有能力的支援，倒不如說她那種熟練的動作，一看就知道是已經完全習慣完全潛行環境下的行動。

少女再度看了一下手錶，然後指著前面的街道說：

「……總統府就在那個方向。因為是在市街道的北端，所以還有三公里左右。操縱報名機器大概要五分鐘左右，所以不在三分鐘內到達的話……！」

我看了一下往前筆直延伸的主街道，發現遙遠前方有一座受到夕陽照射而發出紅光的巨大高塔。雖然是直線道路，但要躲開行人然後一分鐘趕一公里的路程，就算是在不會喘氣的VR世界裡也可說是難如登天。

我如果來不及報名也是事前沒做好調查的報應，但跑在我身邊的淡藍色頭髮少女如果不是為了幫我的忙，早就可以輕鬆完成報名作業了。懷著罪惡感的我朝她瞄了一眼，結果看見她咬緊牙根，眼睛裡露出拚命神情的側臉。一道細微的聲音挾雜假想的呼吸聲傳了出來。

「……拜託……拜託……一定要趕上啊……」

——我想對這名少女而言，接下來即將展開的「Bullet of Bullets」預賽應該不只是遊戲，而是有著相當重大的意義吧。她一定有什麼非得參加這次比賽的理由才對……

直覺理解到這一點之後，我拚命看著周圍環境，希望能找出在三分鐘裡到達遠方總統府的方法。

這時有一塊看板映入我的眼簾。

左邊寬廣車道上有一塊擴大過後的停車空間，那裡停著塗有鮮豔紅黃藍三原色的三台小型車輛。而深處的直立面板上則有一閃一閃的霓虹燈顯示著「Rent－A－Buggy！」字樣。當然我一看就知道是什麼意思了。

「……就是那個！」

我緊急抓住少女的左手，開始改變行進方向。驚訝地發出「咦？」一聲的少女幾乎被我拉得浮了起來，但我們還是越過行人穿越道衝進了「租借小車」的停車場裡。

排在裡面的車輛全部都是前面一輪，後面兩輪的三輪電動車。我將少女往停在眼前的紅色三輪車後踏板上一扔後，自己也跨上前面的座位。在時速表下面發現與購物時相同的掌紋掃描裝置，將右手放上去後，引擎便隨著結帳聲音發動起來了。

幸好三輪電動車的前半部與摩托車的構造完全相同，而且還是全手動操縱。我一握緊手把，二話不說催動節流閥。內燃機關旋即發出尖銳吼聲，三輪車前輪先是整個浮起來，接著便像彈射出去般衝進車道。

「哇呀……！」

聽見後座傳來可愛的悲鳴，然後兩隻纖細的手繞過我腹部。

「抓緊囉！」

車子早已衝出去我才這麼叫道，經過輪胎幾乎要將地面擦出火來的右轉彎後一來到車道上，我立刻將油門加到底。經過不斷換檔之後，時速表立刻超過一百公里。這時心裡才深深覺得，現實世界裡自己不是乘坐電動速克達而是需要打檔的古董機車真是太好了。

當我一邊閃過車道上左來右往的未來型四輪車，一邊忙碌地換檔時，聽見女孩在我右邊耳朵這麼叫道：

「為……為什麼？這種三輪車其實非常難操縱，連男性玩家都沒什麼人可以駕駛得好了……！」

——抱歉，其實我就是那個例外的男性玩家。

但這種情況下當然沒辦法說出實情，我只好含糊帶過說：

「沒……沒有啦，我以前玩過賽車系的遊戲……唉唷！」

前面的大型巴士忽然變換車道，我只好用後輪胎全力滑行來躲開。稍微降檔之後再度加速，然後一口氣超越它。確實，在這個二〇二五年即將結束的時代，幾乎沒有什麼人騎過手動打檔的舊型機車也是很理所當然的。說起來駕訓班基本上都是電動速克達了。我是因為艾基爾的熟人願意免費送給我，才會費盡心思去取得手排的中型摩托車駕照，但實際上在收下那台泰國製摩托車後過了好一陣子，才注意到這是幫前車主省下了一筆報廢車的資金。因為聽說幾年之後即將要全面禁止使用汽油引擎的車輛了……

——當我想到這裡時背後忽然傳來笑聲，我也因此而嚇了一大跳。

「啊哈哈……真棒，好舒服哦！」

我花了好一段時間才認出這道聲音是來自於那個貓眼少女。沒想到這個有些緊繃又有些寂寞氣息的女孩，竟然會發出這種笑聲。

「嘿……再快一點！」

聽見少女的叫聲之後，我朝一公里外逐漸靠近的雄偉總統府高塔瞪了一眼，然後回答了一聲「ＯＫ！」我低下頭，將腳排檔桿打到最高檔。引擎發出「嘎啊啊啊」的吼叫，時速表上的指針立刻逼近兩百公里。

這種速度的話，只要幾十秒就能跑完一公里的距離。

但是少女在這短暫時間裡所發出來的歡呼聲，卻讓我留下非常深刻的印象。

我將三輪電動車橫向打滑停在通往總統府的寬廣階梯前。

看了一下手錶後，發現還有五分鐘左右才到三點。

「這樣應該來得及！往這邊！」

由腳踏板上跳下來的少女握住我的左手開始跑了起來。那種像利刃──不對，應該說像高性能槍械般的銳利表情已經回到她側臉上。我強迫自己不繼續去想到底哪一種才是她真實的個性，跟著拚命爬著樓梯。

爬了二十階左右後，一座異常巨大的金屬塔便屹立在我眼前。它前後有細長的流線型廣場，本身則隨處可見像天線或是雷達般的圓盤凸出來。

「這就是總統府，通稱『Bridge』。妳從裡面出來的遊戲開始地點是『紀念館』，它就位於總統府的相反方向。」

女孩一邊拉著我的手一邊這麼說道。

「Bridge？是橋嗎……？」

我如此提出問題後，少女稍微歪著頭這麼回答：

「不是橋，應該是『艦橋』的意思吧？格洛肯是太空船時期的司令部，所以才會有這個名字。」

「太空船……啊啊，所以城市才會是長型的嗎。」

「嗯。正式名稱的『SBC』是『Space battle cruiser（宇宙戰鬥巡洋艦）』的簡稱。像是參加活動的報名或是遊戲相關手續都是在這裡進行。」

當解釋到這裡時，我們剛好穿過高塔，也就是艦橋的一樓入口。

內部是一座相當寬廣的圓形大廳。

排成十字狀一直向上延伸至屋頂的圓柱看起來相當有未來感。周圍牆壁上環繞著一圈大畫面的平面螢幕，裡面播放的各種活動預告以及現實世界的企業廣告，在微暗大廳裡投下原色系光芒。其中最鮮豔的當然就是正面大螢幕上播放的「第三屆Bullet of Bullets」宣傳影像。

但我現在根本沒有仔細觀賞的時間。少女拉著我往右邊深處的一角前進。

牆壁邊排著幾十台細長的機器。它們的長相就跟放在便利商店裡的ＡＴＭ或是多媒體機台一樣。

少女帶我到一台機器前面之後，便快速地說：

「就是在這台機器上報名。它就跟一般的觸碰式面扳機器一樣，你知道怎麼操作嗎？」

「嗯，我試試看。」

「嗯。那我在旁邊報名，有不了解的地方就問我吧。」

少女說完便朝被板子隔開的隔壁機器台前進，我小聲向她道謝之後便往畫面看去。

螢幕上的主要畫面顯示著「ＳＢＣ格洛肯總統府」的字樣，驚人的是包含選單在內全部都已經日文化了。潛行之前在現實世界的網路上觀看ＧＧＯ的公式網站時，發現全都是英文而令我相當頭痛，但遊戲內部似乎已經經過一定程度的本地化。

我用指尖拖動了一下選單，立刻找到報名第三屆Bullet of Bullets的按鍵。我當然馬上按了下去。結果畫面便轉移成輸入名字、職業等各種檔案的報名表格。這時時間還剩下一百八十秒。

既然是在遊戲裡面，角色名稱至少也自動幫忙填進去嘛，還有我的職業是什麼啊……我內心一邊不停抱怨一邊看著表格，但立刻就發現最上方有一條驚人的但書。

它寫著「以下的表格請填上玩家在現實世界裡的姓名與地址等資料。當然空白或是填入假資料也可以參加本活動，但將無法領取入選前幾名時的獎品」。

這讓我的指頭瞬間停了下來。雖然我的主要目的是要在大會裡盡量突顯自己，好成為「死槍」狙擊的目標，但獎品這兩個字還是讓我的ＭＭＯ玩家魂產生了猶豫。因為這種時候的獎品通常都是遊戲裡無法入手的超稀有裝備……

當我的手指被姓名欄吸引過去，準備在出現的全息圖鍵盤上打下「桐谷」的K時，好不容易才又說服自己不要這麼做。

我這次可不是來這裡玩的。和謎之玩家「死槍」接觸並判斷他的能力是真是假才是我的首要任務。如果「死槍」真的有什麼力量的話，那在遊戲裡暴露自己的真實情報就不是什麼明智之舉。我不能否定「死槍」是營運公司的人，而且可以自由觀看全玩家登錄資料的可能性。

好不容易擺脫稀有獎品的誘惑，內心淌血的我將所有欄位留白，然後按下最下方的ＳＵＢＭＩＴ按鍵。

畫面再度切換，顯示出我已經報名成功的文章與第一回合預賽的對戰時間。想不到日期就在今天——而且是在三十分鐘之後。

「結束了嗎？」

水藍色頭髮的女孩忽然從旁邊這麼問道。看來她也順利完成報名了。於是我便放下心來點了點頭。

「嗯嗯，總算是完成了。真的非常感謝妳……還有……抱歉給妳添了這麼多麻煩。」

聽見我道歉之後，女孩微微笑了起來。

「沒關係啦，剛才的電動車之旅我還滿高興的。話說回來，妳預賽是哪一組的？」

「嗯……」

我再度往畫面看去然後回答：

「我是F組。F的三十七號。」

「啊……這樣啊。因為我們是同時申請，所以我也是F組。而我是十二號……太好了，就算碰見也是在決賽的時候。」

「為什麼說太好了？」

「只要能打進預賽的最後決賽，不論輸贏都能夠參加正式的大混戰。所以有可能就是由我們兩個獲得參加大混戰的權利。不過，如果真在預賽的決勝戰裡遇見妳的話……」

她那像貓的眼珠發出亮光，接著開口說：

「我可不會手下留情唷。」

「啊啊……原來如此。如果真的碰上了，我當然也會全力以赴。」

我笑著回答完之後，將螢幕退回主畫面。接著我又順便提出一個問題。

「話說回來，雖然是外國的遊戲，但這機器倒是全部日文化了啊？明明公式網站還都是英文……」

「嗯嗯……營運公司『ZASKAR』雖然是美國企業，但日本伺服器的工作人員裡似乎也有日本人在。不過……妳應該也知道，GGO無論是在日本還是美國都屬於法律的灰色地帶。」

「那是『貨幣轉換系統』害的吧。」

聽見我的回答之後，少女也露出些微苦笑並點了點頭。

「對。在某種意義上來說，這也算是私營的賭場。所以公開的網頁裡只有最基本的情報，而且完全不刊載營運公司的所在地。此外像是角色管理、貨幣轉換用的電子貨幣帳號輸入等關於遊戲的手續都只能在遊戲裡進行。」

「我只能說……這遊戲實在是太猛了。」

「所以這裡與真實世界幾乎可以說是完全分離……但是也因為這樣，感覺現在的自己和現實裡的自己好像是完全不同的兩個人……」

感覺女孩的眼裡似乎閃過一抹黑影，我眨了一下眼睛感到疑問。

「……？」

「沒、沒什麼事啦，抱歉。我們該到預賽的會場去了——其實也只是在這裡的地下而已。妳準備好了嗎？」

「嗯嗯。」

我點了點頭，少女則再度牽著我的手說「往這邊」，然後朝總統府一樓大廳的正面深處走去。那裡的牆壁邊排了好幾台電梯，女孩纖細的手指按下最右邊電梯門旁的下樓按鍵。門馬上就打開，少女順勢往裡頭一站，接著按下「Ｂ20Ｆ」的按鈕。看來這座塔的上方與下方都有很長的空間。身體感覺到真實的落下感與減速感後，門便打了開來。

一見到門外的黑暗——我不由得屏住呼吸。

那是一座與一樓大廳同樣寬敞的半球形巨蛋。裡面光源相當稀少，只有幾具被鐵框罩住的弧光燈發出單薄的亮光而已。

地板或是柱子不是發出黑光的鋼板就是赤茶色的鐵網。巨蛋的牆壁邊還排著一些粗糙的桌子。而屋頂部分則有多面巨大的全息圖面板。但是目前畫面呈現一片漆黑，只有用深紅字體顯示著「ＢｏＢ３ ｐｒｅｌｉｍｉｎａｒｙ」的字樣與剩下二十八分鐘左右的倒數計時。

然而讓我感到緊張的不是這樣的景色與低聲流出來的金屬系ＢＧＭ。

正確來說應該是聚集在牆邊桌子或是直立鐵柱旁的那些黑影——所散發出來的氣息讓我感到不舒服。

明明是在遊戲裡面，但卻沒有任何大吵大鬧的人。他們不是幾個人聚在一起竊竊私語，就是獨自一人默默站在那裡。一看就知道他們是即將開始的ＢｏＢ預賽參賽者，而且也知道他們已經完全熟悉這個假想世界，算是徹頭徹尾的ＶＲＭＭＯ老鳥玩家。

——不對，如果要比總潛行時間的話，這個空間裡應該沒有人比得上我才對。因為前年和去年的兩年裡，我沒有任何一刻是處於登出狀態。

但是每個玩家都有所謂的「玩法風格」。像我就是專門ＰｖＥ（與怪物對戰）的玩家——而他們則與我相反，是一群熱中於ＰｖＰ（與玩家對戰）的傢伙。由他們沒有光澤的頭盔或是厚重頭套下投射過來的銳利視線，就可以知道這群人正拚命想找出關於我的情報。

我自從今年春天ＡＬＯ轉移到現在的營運公司之後，就幾乎沒和人對戰過了。這段不算短的空白時間，將會讓我的ＰｖＰ感大打折扣吧。我被這群男人們投射過來的眼神給壓倒正是最佳的證明。

——這件工作越來越困難了啊，菊岡先生。

不由得在心裡這麼嘀咕著的我，右手肘忽然被輕輕推了一下。往旁邊一看後，發現淡藍色頭髮的少女正露出訝異的神情。

「……怎麼了嗎？」

「沒、沒有啦……」

急忙低聲回完話之後，少女便輕輕點了點頭，同樣也小聲地說：

「我們先到休息室去吧。妳也得換上剛才的戰鬥服才行。」

於是她開始穿梭在玩家之間，腳步顯得相當自然，感覺不出有任何的緊張。但這不是因為周圍的眾人忽略了她的存在。這群男人投射在她身上的濃烈戰意跟看著我時簡直無法相比。有個將巨大槍械放在膝蓋上的傢伙甚至還故意高聲排出彈匣。

想不到這名少女竟然有這麼大的膽識可以完全無視這種龐大的壓力。我一邊感到越來越驚訝，一邊朝土黃色圍巾追了上去。

巨蛋的深處見不到桌子，反而是幾道冰冷的鐵門並排在那裡。少女打開亮著綠色指示燈的門，帶我進到裡面後便將背後的門關上並按起門內側的操作面板。指示燈隨著「喀嚓」的上鎖聲變成了紅色。

門內部是略為狹窄的更衣室。當然除了我們之外就沒有別人在了。

「呼……」

來到房間中央之後，少女輕輕吐了口氣，接著呢喃般說道：

「真是……一群天真的傢伙……」

「什……天、天真的傢伙？妳是說剛才那群殺氣騰騰的人嗎？」

我一邊回想巨蛋裡那群繃著一張臉的男人們一邊這麼問道，而少女卻像理所當然般地點了點頭說：

「對啊。比賽開始前三十分鐘就拿主要武器出來炫燿，這根本就像請人家想辦法來對付自己一樣嘛。」

「啊……啊啊……原來如此……」

「妳最好在開始比賽之前才裝備上光劍與5—7唷。」

一邊微笑一邊這麼說的少女見到我輕輕點頭後便轉過身去。

接下來她就做出比剛才的台詞更讓我嚇破膽的事情。

她揮動右手叫出主選單，隨即按下一併解除所有裝備的按鍵。

土黃色圍巾、深卡其色的夾克、寬鬆的工作褲、沒有任何圖案的T恤依序消失了。

現在少女身上只穿著露出機能纖維光澤的小面積內衣。

「嗚……嗚哇啊？」

我發出沙啞的聲音，急忙用右手遮住臉。接著從指縫當中看見少女一臉不可思議的看著我。

「妳還在做什麼？趕快換衣服啊。」

「好、好的，嗯……那個……」

即使面臨潛入GGO以來最大等級的動搖，但我還是拚命想著對策。

在這種狀況之下我能做出的選擇已經不多了。要不就是找個藉口逃出這個房間。再不然就是一路裝成女生直接在衣服上裝備護甲。不過這兩種方法都算是欺騙了這名幫了我大忙的女孩子。

在不得已的情況下，我只好在這名少女繼續做出武裝解除的終極悲劇發生之前，咬牙進行了第三種選擇。

我以最快速度低下頭，同時從主選單裡讓名片實體化，然後用雙手遞給少女。

「那、那個……對不起！到現在都沒自我介紹……這、這是我的名字！」

「咦？名……名字？」

名片隨著感到不可思議的聲音離開我的手中。

「桐……人。嗯……很有趣的名字嘛…………………………………………咦…………………………………………」

我在這世界沒有加入公會，不對，在這裡是叫做「中隊」，所以名片上除了姓名之外——就只有標記性別而已。

「上面寫著Ｍａｌｅ……咦……？妳不是…………………………」

呆滯的聲音傳來的同時，低著頭的我可以見到視線上端的小巧裸足往後退了一步。

「騙人…………這、這種模樣…………竟然會是男的…………………？」

接著則是一陣沉默。

我因為受不了籠罩在更衣室裡的緊張氣氛而準備抬起頭。

這時立刻有個白色物體以猛烈速度飛了過來，在我的左臉頰上炸裂之後迸發出紫色效果光線。

當我因為衝擊而像個陀螺般不斷旋轉，最後眼冒金星倒在地板上之後，才了解原來那是少女的手掌。

「別跟著我。」

「但、但是我不知道接下來該怎麼辦……」

「別跟著我。」

「但、但是我沒有其他認識的人了……」

「別跟著我。」

在低聲的對話當中，我依然拚命追著前面的水藍色頭髮少女。

她的穿著已經變更為沙漠色軍用外套與同色系防彈裝甲以及軍靴。與街上裝備共通的只有脖子上那條圍巾而已。與剛才給我的忠告一樣，她還沒有把武器實體化。

我的打扮也跟她差不多，但我全身都是稱為夜間偽裝的近黑色迷彩服。這次雖然想捨棄自己的喜好，選擇用途較廣的顏色。但因為戰鬥的地點是由亂數決定，而女孩表示以我的預算根本無法湊齊對應各種地形的迷彩服，所以我最後還是選擇自己喜歡的顏色。

而給我建議的那個人，目前正在離我一公尺遠的地方頭也不回地往前走去。

我當然能理解她為什麼生氣，但我也沒有謊稱「我是女生」或者是以女性的口氣說話。利用了她的誤會確實是我不對，但要換衣服時先跟我說一聲的話，我也會有應對的方法啊……

我不禁開始一邊在心裡這麼抱怨著，一邊有些故意地緊緊跟在她身後，但少女卻忽然停下腳步。這時廣大的巨蛋已經被我們繞了半圈。

少女轉過頭來看著同樣停下腳步的我。

她藍色的眼珠狠狠瞪著我看。冰冷的眼神這時與其說像貓，倒不如說已經達到豹子的程度了。見到她小巧的嘴唇用力吸氣時，我還以為會被大吼而縮起了脖子，但她卻只是迅速地嘆了口氣。

她往旁邊的包廂席上用力一坐，接著又將臉轉往別的方向。我則是畏畏縮縮的坐到她對面。

抬頭往中央的全息圖面板看去後，發現距離預賽開始已經剩下不到十分鐘的時間。而我完全不知道接下來該怎麼辦。預賽開始之前是不是還要移動到什麼地方，還是需要進行什麼樣的手續，我甚至不知道該去哪裡找到這些情報。

我只能縮著頭焦躁不安的動著身體，而少女這時又瞄了我一眼。接著再度深深嘆了口氣。

「…………我跟你說明最基本的情報。但之後就真的算是敵人了。」

聽見她用低沉的聲音這麼說完後，我不由得露出了笑容。

「謝、謝謝妳。」

「可別搞錯了，我沒有原諒你哦。上面的倒數結束時——這裡的所有參賽者將會自動被轉移到只有自己與對手兩個人的預賽第一回合戰場上去。」

「唔，原來如此。」

「戰場是一塊長寬各一公里的正方形空間，地形、氣候、時間則是由亂數決定。一開始時兩個人之間至少會有五百公尺的距離，而在戰鬥裡獲勝的一方將被轉送到待機區域，落敗的一方則被轉送到一樓大廳。就算落敗也不會隨機掉武裝。獲勝之後如果下一個對戰者的比賽已經結束，馬上就會開始進行第二回合戰鬥。如果對方還在戰鬥的話，那就待機到對方結束為止。F組共有六十四個人，所以只要贏五場就能進入決賽並獲得參加正式大賽的權利。我的說明就到此為止——也不會再回答任何問題。」

雖然講話口氣相當冰冷，但在她詳盡的解釋之下，我已經大概了解預賽到底是怎麼回事了。我再度向少女道謝。

「我大致了解了。謝謝妳。」

結果她再度瞄了我一眼，然後就馬上把臉往旁邊轉開了。少女接著張開嘴，以很小的聲音說：

「——一定要打到決賽來啊。既然已經教你這麼多了，希望還能教你最後一件事。」

「最後？」

「讓你嘗嘗宣告敗北的子彈是什麼滋味。」

聽見這句話後我不由得微笑了起來。這不是揶揄或者是苦笑，而是發自內心的笑容。我很喜歡像她這種個性的人。

「……我期待有那麼一刻。不過，妳確定自己能打進決賽嗎？」

少女冷哼一聲後小小呼出一口氣。

「如果在預賽中落敗的話我就引退。這次一定──」

感覺她凝視巨蛋裡所有敵人的眼神，放射出強烈的琉璃色光芒。

「要把所有強手幹掉──」

這句話幾乎是在無聲狀態下說出來的，但些微的聲波震動還是傳進了我的耳朵。少女的嘴唇揚起，露出宛如猙獰野獸般的笑容。我的背脊湧上了許久不曾出現的冰冷戰慄。

難怪這女孩會毫不在意那些男人所散發出來的壓力。

因為她比那群人要強太多了。無論是身為ＶＲＭＭＯ玩家的技巧──或者是支撐著本人的精神力。

少女瞄了一眼屏住呼吸、保持沉默的我之後，臉上的笑容旋即消失。她像在想什麼事情般停住視線，接著又揮動右手叫出選單視窗。經過簡短的操作之後，她的指尖上出現一張小小卡片。

她將卡片從桌上滑了過來，我接住之後少女開口說道：

「今天應該是我們最後一次像這樣說話，所以我還是先報上名號吧。這就是將來要打倒你的名字——」

我默默朝卡片上看去。顯示在上面的文字是——「Ｓｉｎｏｎ」。性別當然是Ｆ。

「詩乃……」

我低聲說完後，少女搖動水藍色的頭髮輕輕點了點頭。我也再度報上自己的姓名。

「我是桐人。請多指教。」

我無意識地在桌上伸出了右手，但名為詩乃的少女當然無視我的動作，直接將臉轉往別的方向。我只好苦笑了一下並將手放了下來。

詩乃之後便保持著沉默，似乎不打算再開口說話了。

我抬頭看了一下巨蛋屋頂的螢幕，知道剩餘時間還有五分鐘左右。這時我開始猶豫起該乖乖抱著膝蓋坐在椅子上，還是硬著頭皮再對她搭話一次比較好，但就在我做出結論之前，耳朵便聽見朝這裡走過來的腳步聲。

我抬起臉，看見朝這張桌子直線走過來的，是一名額頭上垂著銀灰色長髮的高大男性玩家。

他全身穿著比暗灰色還要稍亮一點的直線灰色迷彩服裝。肩膀上掛著一把還算大的機關槍

——應該不是衝鋒槍而是突擊步槍之類的武器，有著一張適合他高瘦體型的聰明臉蛋。由於身上幾乎沒有什麼裝甲，讓人感覺他在戰場上應該能以相當敏捷的速度移動。給人的感覺與其說像是身經百戰的士兵，倒不如說像是特殊部隊的成員。

男人完全不看靜靜坐在暗處的我，直接看著詩乃並露出了微笑。一瞬間原本看來相當幹練的角色臉上出現了少年般的柔和態度，令我不禁輕輕眨了眨眼睛。

「哎呀，妳怎麼那麼慢呢，詩乃。我還正在擔心妳不會遲到了吧。」

聽見男人這種裝熟的講話口氣，我一邊在心裡想著詩乃一定會給你釘子碰，一邊縮起了脖子。但出乎意料之外的，原本纏繞在少女身上的冰冷氣息瞬間緩和，她的嘴角甚至還露出了微笑。

「你好，鏡子。因為一些意外而耽擱了點時間。咦，但是……你不是不打算出場嗎？」

結果那個名叫鏡子的男人尷尬地邊笑邊用右手摸著頭。

「哎呀，不知道妳會不會覺得煩，其實我是來幫詩乃妳加油的。畢竟在這裡還可以看大螢幕的實況轉播。」

看來他們兩個人是朋友，不然就是同一個公會的夥伴。詩乃移動身子後，鏡子便理所當然般坐在她身邊。

「話說回來，妳剛才說的意外是怎麼回事？」

「啊啊……就是帶某人來到這裡等等的……」

聽見鏡子的問題後，詩乃瞬間改用冰冷的眼神瞄了我一下。我一邊覺得無可奈何一邊把縮短的脖子恢復原狀，然後對現在才注意到我存在的男性點了點頭。

「你好，我就是那個某人……」

「啊……妳、妳好，請多指教。那個……妳是詩乃的朋友嗎？」

表面上看起來雖然不好惹，但這名叫做鏡子的男性似乎與他那種精悍的外表不符，是個相當有禮貌的人。不然就是——他也把我當成女性了嗎？

我一邊想著該怎麼回答比較有趣一邊推敲著用詞遣句，然而詩乃卻馬上簡短的丟出一句：

「別被騙了。那傢伙是男的。」

「咦！」

我只好用一般的語氣對瞪大眼睛的鏡子報上自己的姓名。

「啊——我叫做桐人。我是男的沒錯。」

「男、男的……咦，這麼說……那個……」

鏡子用一副相當困惑的表情交互看著我和詩乃。看來是無法理解詩乃和男性玩家同行的狀況吧。

心裡想著原來是這麼回事的我，因為惡作劇心理作祟而試著加油添醋的說道：

「哎呀，真是受到詩乃很大的照顧啊。」

這時詩乃馬上用宛如藍色雷射般的眼神瞪著我，接著粗暴的說道：

「喂……別胡說，我才沒照顧你呢。說起來，什麼時候允許你叫我詩乃了……」

「幹嘛說得這麼無情呢。」

「什麼無情不無情的，你本來就是個陌生人！」

「咦——但妳明明還幫我搭配了武裝啊？」

「那……那是因為你……」

當我們對話到這裡時……

巨蛋內原本的細微ＢＭＧ這時忽然逐漸消失，開始響起由電吉他演奏的震耳樂曲。接著則是大音量的甜膩合成聲音在幾百人頭上響了起來。

「讓各位久等了。我們現在就開始舉行第三屆Bullet of Bullets的預賽。各位報名參賽的玩家在倒數結束後將會自動被傳送到預賽第一回合的戰場。在此祝各位好運。」

巨蛋裡響起了震耳欲聾的拍手與歡呼聲。在「喀嗟嗟嗟」的自動槍械擊發聲與尖銳的雷射發射聲後，一片五彩繽紛的燈光便像煙火般照耀著屋頂。

詩乃在吵雜聲中站起身子，然後將右手食指對準了我。

「要打到決勝啊。到時我會把你的頭轟飛。」

我也跟著站了起來，笑了一下之後這麼回答：

「如果要找我約會的話，我當然是樂意之至了。」

「你、你這……」

倒數二十秒的時間即將要歸零，我對詩乃揮了揮手後便轉向前方準備被傳送到戰場上。這時我的眼神和一直凝視著我的鏡子對上了。

他銳利的眼睛裡明顯帶著警戒與敵意，當我覺得自己可能做得太過火了時——

我的身體被藍色光柱所包圍，接著視線也立刻化為一片藍光。

我被傳送到一塊浮現在黑暗當中的六角形面板上。

眼前有一片淡紅色全息圖視窗，上面有大大的字體寫著「ＫｉｒｉｔｏＶＳ餓丸」。與名字只能使用英文字母的ＳＡＯ不同，ＧＧＯ裡也可以使用日文。雖然對手姓名用漢字寫著餓丸，但我當然沒見過這個人。而視窗下半部則有一排寫著「準備時間：剩餘58秒戰場：被遺忘的古代寺院」的文字列。

這一分鐘的準備時間應該是為了讓人可以換上適合這戰場的裝備吧，當然這對預備的武裝與地圖都完全沒有概念的我根本沒有用就是了。我用右手叫出視窗，在與ＡＬＯ相當類似的裝備視窗主武器欄上組上名為「影光Ｇ４」的光劍，然後在副武裝上組上「５－７手槍」。稍微確認一下有沒有忘了裝備的防具後便將視窗消去。

在等著數位數字慢慢減少的時間裡，我朦朧地有了某種古怪的想法。

那個名為詩乃的少女一瞬間顯露出來的猙獰微笑，以及凝縮成無堅不摧狙擊彈般的殺氣。讓我想起她那當時像直接在我腦海裡響起的聲音。

要把所有強手幹掉——這直接了當的發言在某種意義上來看其實相當幼稚，但包含SAO時代在內我也沒有過幾次像當時那種戰慄的感覺。我感受到由她嬌小身軀裡散發出超越角色扮演遊戲的真實意志。

在電子信號所製作出來的假想世界裡，我幾乎沒遇見過像她那樣能散發出如此強烈意志力的玩家。在女性玩家裡面，我所知道的就只有認真起來的亞絲娜而已。不對——即便是被稱為「閃光」，甚至是以前被稱為「狂劍士」的亞絲娜，也都沒有給過我那種兇猛的印象。

有可能嗎？會不會那名淡藍色頭髮的少女就是我要找的「死槍」本人？

菊岡曾讓我聽過據說是死槍聲音的聲音檔，但那種金屬摩擦般的刺耳吼叫與詩乃那種清澈的聲音完全不同。但是GGO怎麼說也只是個和SAO不同的普通遊戲世界。一個玩家擁有複數角色，每次登錄都使用不同角色的事情可以說是層出不窮。

而且由說話的語氣看來，詩乃對於進入正式大賽似乎擁有絕對的自信。如果我預測死槍絕對會出現在這場大會裡的看法沒有錯，那嫌疑者就可以縮小到三十個人左右。而詩乃當然也是其中之一。

老實說我實在不願意檢討這種可能性。帶我到商店然後說明各種事項時的她，可以說完全感覺不到任何殺氣。而且甚至讓人感覺得到她所散發出的些許寂寞以及想與人親近的感覺。

到底哪一邊才是真正的詩乃呢。

——不對，現在想再多也得不到答案。只要持劍交手，不對，應該說拿槍互擊應該就能得到些線索了吧。

當我想到這裡而將伏下的視線抬起來時，剩餘時間剛好歸零。我的身體再度被傳送效果給包圍。

接下來我便被拋在一片陰鬱的黃昏天空之下。

吹過身邊的風帶著宛如尖銳笛子的聲音。上空有許多碎裂雲層流過，腳下的枯草則是不斷劇烈晃動。

我身邊聳立著不知道是地中海式還是哥林斯式的巨大圓柱。它們大概以三公尺左右的間隔排成コ型。有些柱子上部已經崩毀，有些柱子已經完全倒塌，看起來就像消失文明的神殿廢墟一樣。

我先把身體靠在最近的柱子上然後迅速看了一下周圍環境。

四周寬廣的枯萎草原正被風吹得緩緩擺動，低緩丘陵的遠方也看得見類似這裡的遺跡。按照詩乃的說明，戰場是長寬各一千公尺的正方形，但要到地平線那端看起來應該足足有數十公里。這裡應該是個設置了小河或懸崖的移動限制領域吧。

我繼續想著她的解說。對戰者現在應該出現在距離我至少五百公尺之外的地點，但目前視線裡還見不到任何人影。他一定和我一樣就藏在某座遺跡裡面吧。由於沒有顯示敵人所在的箭頭，所以得先靠自己找出敵人才行。

雖然可以選擇繼續躲在這裡，等敵人失去耐心才開始行動的作戰方式，但「等待」實在是不符合我的個性。與其老是待在這裡，倒不如全力衝刺到最近的另一處遺跡，然後藉著對方的槍擊來迅速確認其所在位置……我一邊這麼想，一邊順勢用左手確認了一下裝備在腰間的「5—7」手槍觸感。

這時剛好有一陣強風吹過，周圍的草原開始劇烈地晃動起來。當強風停止，枯草再度挺立起來的瞬間……

距離我眼前大概二十公尺處的草地裡突然有一道人影無聲地站了起來。

視網膜瞬間看見由對方兩手擺出來的突擊步槍、靠在槍枝機關部上的茶色鬍鬚、蓋住大半邊臉的附放大功能護目鏡以及插著偽裝用雜草的頭盔。戰場裡只有我和對手存在，所以他一定就是「餓丸」了。

我完全不知道他是在何時拉近距離的。而他身上的迷彩服很明顯就是他能辦到這種事的理由之一。那身服裝除了有與周圍草叢完全相同的卡其色之外，還有細微的直線條紋。當我還想著「原來如此，這就是六十秒準備時間的效用嗎」時……

敵人架在右肩的黑色步槍已經伸展出數十條紅色「彈道預測線」——而且線條完全貫穿包含我在內的四周圍空間。

「嗚哇！」

我不由得發出悲鳴，同時用力往地面上一踢，整個人就此往預測線密度最低的方向——也就是上空跳去。

緊接著敵人的步槍便發出「喀噠噠噠噠噠」的輕快聲音，而我的右腳踝部分也連續感受到兩次衝擊。我標示在視線左上方的ＨＰ條合計減少了大約一成左右。那麼多的子彈當然不可能全部避開。我現在才想起詩乃曾經警告過我的「全自動射擊」這句話。

我在空中翻了個筋斗，然後落在背後那根半折的圓柱上方。為了試著反擊而用左手從皮套裡拔出５—７手槍。

但敵人完全不給我瞄準的時間。立刻又有無數的預測線在我身體上出現。

「哇啊啊啊！」

我發出丟臉的悲鳴，直接滾落到圓柱後面。接著又有一發子彈擦過左腕，ＨＰ也同時無情地減少。

降下來的彈雨幾乎都落到石柱上，結果造成一陣「嗶嘰嗶嘰」的聲音並有細微的碎片飛散。我拚命縮起雙手雙腳，讓全身躲在圓柱後面。

——這果然和劍對劍的戰鬥完全不同！

之前那避彈遊戲裡ＮＰＣ槍手的槍擊除了有間隔時間外，最多也只有六發子彈，但光是要躲開那些攻擊就已經得用上全部精神，面對現在這種——一秒裡有十發以上的連射當然就更是束手無策了。

要用將吊在我右腰上的光劍「影光」砍中餓丸的鬍鬚臉，一定得要接近到他眼前才行，但在那之前我便已經變成蜂窩，ＨＰ也早就完全消耗殆盡了。

如果沒辦法完全迴避，那就只有想辦法「防禦」子彈。但很不幸的，這世界裡就算有可以削弱雷射威力的「防護罩」，也沒有能防禦實彈的魔法盾牌這種東西。如果是在ＳＡＯ，就還有把劍代替盾來使用的「武器防禦技能」……

這時我突然將手放到用扣環吊在皮帶的光劍上。只要能用這把劍防禦幾發子彈就好了。這應該不是不可能的事吧，因為以前的ＳＦ電影大作上不就有人用光劍輕鬆地彈開子彈嗎？如果這是由美國企業所開發的遊戲，那就一定能重現那一幕才對。但要做到那種至難的技巧，就必須先準確地預測出攻擊自己的子彈軌道才行……

等等——

這辦得到。應該能辦得到才對。因為「彈道預測線」不是已經完全將子彈的軌道告訴我了嗎。

我吞了口口水，右手用力將光劍從皮帶上拉了下來。

現在槍聲暫時停止了。我想餓丸他大概是再度藏身於草叢當中，準備從左邊或是右邊繞過來吧。

我閉上眼睛，將精神集中在耳朵上。

風依然咻咻的吹著。這時我努力將這種吵雜的聲音效果由意識當中排除。接著把精神集中在晃動草原的摩擦聲上，試著由固定的頻率當中找出不規則的聲音來。

這是只有在各種聲音成分都能夠完全分離出來的ＶＲ空間裡才能辦到的技能，從ＳＡＯ時代起，這招「系統外技能」就幫了我不少的忙。比如說Ｓ級食材的「雜燴兔」，就得用這種技能才能給予致命的一擊。

但在這裡究竟能不能成功呢——

這時我的耳朵捕捉到左斜後方，有一道不規則的音源由七點鍾方向往九點中方向移動。他移動了兩、三秒鐘後便停了下來，開始探查我的位置。

敵人接著又開始移動、停止，當他準備再度移動的瞬間……

「衝吧……！」

我隨著對自己的叫聲用力往地面一蹬，一直線全力往敵人藏身的位置衝去。

餓丸他應該沒料到我會朝著在草叢裡匍伏前進的他衝過去吧。當他從枯草當中站起身子，單膝跪地擺好射擊姿勢後大概花了一秒半的時間。

原本我和敵人隔了大約二十五公尺左右，但這時我已經衝過一半的距離。我一邊跑一邊用右手拇指按下光劍開關。令人感到安心的「嗡」一聲響起之後，閃著藍紫色光芒的劍刃由劍柄裡伸了出來。

由餓丸突擊步槍所延伸出來的數十條著彈預測線第三度出現在我身上。

至今為止我都是反射性地找尋可以藏身的地點，但這次我只讓自己的雙眼注視著眼前，忍受脖子後方刺激著感官的恐懼感。在拚命觀察敵人之後，我發現細小紅線不是全部同時出現，它們之間都稍微有一點時間差。而這些差距就是子彈由步槍槍口衝出來的順序吧。

我控制比現實世界裡還要嬌小許多的身體往前衝刺，此時總共有六條預測線瞄準我身體。其他上下左右的預測線都稍微偏離了目標。以目前這麼近的距離來看，敵人的步槍——還有射手本身的命中率其實都不怎麼樣。

久違的ＰｖＰ戰鬥所帶來的緊張感似乎也讓我開始將自己切換到戰鬥模式。視線的余白部分呈現放射狀往外延伸，只有目標的身影顯得特別鮮明，就是這種加速感令我感到懷念。在逐漸減緩速度的時間當中，只有意識以猛烈速度奔馳著。

敵人步槍的槍口猛然冒出橘色火光。

這個瞬間，光劍的刀身準確擋住六條線當中第一發與第二發子彈的軌道。

隨著「啪啪！」聲響起，光刃表面也爆出兩道鮮豔的橘色火花。當我注意到這件事時，右臂已經以電光火石般的速度將光劍疊在第三發、第四發子彈的軌道上。接著再度響起子彈被高密度能源彈開時的衝擊聲。

無視「應該打不中我」的子彈群在耳邊發出的尖銳風聲持續往前突進，其實是件相當耗費精神的事情，但我還是咬緊牙關繼續揮動手裡的光劍。

第五……接著第六發！成功用劍彈開所有可能會命中我的子彈後，為了一口氣衝過最後這段距離而全力往地面一踢。

「不……不會吧！」

餓丸蓄著大量鬍子的下顎整個掉了下來，張大的嘴巴露出驚愕聲。但是這傢伙的手並沒有因此而停下來。他熟練地退出空彈匣，同時拔出腰間的預備彈匣並準備將它裝進步槍本體裡。

為了阻止他這麼做，我把握在左手的5—7手槍對準了餓丸。當手指碰到扳機的瞬間，以敵人胸部為中心處出現了一個淡綠色圓形，這雖然讓我嚇了一跳，但我還是不管三七二十一的開了五槍。

出乎意料之外輕微的後座力由手肘傳到肩膀，餓丸在半透明圓形內部的肩膀與側腹各中了一發子彈。剩餘的三發雖然消失在他背後的草叢裡，但命中的子彈已經貫穿他的防彈裝備並讓他受到了傷害。畫面上他的HP條減少了一成左右。餓丸一個踉蹌，一瞬間動作稍微停了下來。

對我來說這樣的時間就夠了。

進入劍刃攻擊範圍之後，我微微將身體往右一扭——

當我用似乎要衝破假想大地的速度往前踏步的同時，直接將完全沒有浪費一絲衝刺速度的全力突刺——在SAO世界裡被稱為「奪命擊」的必殺一擊刺進敵人胸口。

整把光劍隨著類似噴射引擎般的震動聲輕鬆貫穿敵人身體。感覺無處可發洩的能源風暴瞬間在敵人體內到處肆虐。

接著，誇張的光芒與聲音呈圓錐狀從我右手邊向外放射，敵人的身體也變成無數多邊形碎片飄散在空氣當中。

我一邊感受令人全身麻痺的戰鬥餘韻，一邊慢慢撐起身體。

左右揮動光劍讓它發出嗡嗡聲後，一瞬間差點想把劍收到背後，但我還是急忙把開關給關上。

將劍吊在右腰的扣環上，左手上的手槍收進皮套後，我才深深吐出憋了很久的一口氣。抬頭仰望黃昏天空時，發現低垂的雲層像螢幕般浮現恭喜獲勝的字樣。

第一回合好不容易獲勝了。發現能用光劍防禦子彈對我來說是個好消息。只不過運劍需要無比的集中力，而我的神經這時已經開始燒焦並冒煙了。

還得進行四場這種累人的戰鬥——

傳送藍光開始包圍我垂頭喪氣的軀體。寂寥的風聲逐漸遠去，當聲音轉變成許多人類所發出的喧鬧聲時，我發現自己已經回到待機區域來了。

看來我目前也與傳送前一樣在牆壁邊的包廂席附近。我注意著左右兩邊，但就是沒看見詩乃與鏡子的身影。如果詩乃還在戰鬥中的話，那麼那個讓我有點在意與詩乃究竟是什麼關係的男人是跑到哪去了呢？我將視線放寬到整個空間後，發現靠近巨蛋中央部位的地方有個身穿都市迷彩的熟悉背影。他沒注意到我已經回來，只是專心看著天花板上的大螢幕。

與他一樣抬起頭之後，我發現預賽開始之前只是單調播放倒數時間的巨大畫面上，現在正播放著幾個戰場的情況。螢幕上以類似動作電影般的角度播放出玩家們在沙漠、叢林或者是廢墟裡使用手槍、機關槍或是步槍進行戰鬥的畫面。

這應該是由正在進行中的幾百場比賽裡，選出作戰畫面來轉播吧。每當播放出玩家遭到槍擊後四處飛散的畫面，聚集在巨蛋裡的無數玩家便會發出震耳的歡呼聲。

我一邊想著不知道有沒有播放詩乃的比賽一邊往前走了幾步。我從右上角逐一確認每個畫面，但由於攝影機不停轉動而無法分辨出來。我聚精會神的想找出她水藍色的頭髮。

——由於太過出神，所以當右耳聽見突然發出來的聲音時才會讓我嚇得心臟幾乎要停止。那道低沉、沙啞、且帶著金屬性質的聲音像是直接鑽進我的腦袋裡一樣。

「你是、真貨嗎？」

「……？」

我反射性向後退了一步並回頭看去。

一瞬間還以為眼前站著一隻幽靈。

當然我不是指真正的幽靈，而是在艾恩葛朗特第六十五層的古城區域裡，有一種夜間出沒的「幽靈系」怪物。

眼前這人穿著破破爛爛的暗灰色長袍。壓得很低的頭套下是一片黑暗，只有深處眼睛部分露出一點淡淡紅光。

在待機巨蛋陰暗的照明下，站在我眼前這名陌生人的外表實在與ＳＡＯ的幽靈系怪物十分類似。所以我反射性想要飛退並拔出光劍應戰。我甚至無法完全抑制住這股衝動，右手整個震動了一下。

我一邊喘息，一邊看著那傢伙的腳底。破爛的長袍底端可以見到些許髒污的靴子尖端。

他不是幽靈而是玩家。確認過這理所當然的事實之後，我悄悄將屏住的氣息呼了出來。

仔細一看之下，發現那紅色眼睛其實也不是什麼鬼火，而是蓋住整張臉的黑色護目鏡鏡片上的光芒。由於對自己這種像菜鳥的反應，以及對方沒禮貌的在極近距離忽然搭話的行為感到有些生氣，於是我便冷冷地反問道：

「真貨……那是什麼意思？你又是誰啊？」

但是身穿灰色長袍的玩家還是沒有報上姓名，他只是再次故意朝已經拉開距離的我靠近了一步。但我這次也不再退後，而是在僅距離二十公分的位置坦然接受他的視線。

那種像是使用某種聲音效果，混雜著倍音在內的聲音斷斷續續響起：

「我看了、比賽。你用了劍、對吧。」

「嗯……是啊。這沒有違反規定吧。」

可惡的AmuSphere忠實呈現了我內心的動搖，讓我回答的聲音聽起來有些沙啞。灰色長袍男像是看穿我的內心一樣又往前進了幾公分。

接下來他便以低沉的聲音囁嚅了一句話。由於聲音相當細微，所以即使在這種距離之下也必須集中精神才能聽見。

「再問你、一次。你是、真貨、嗎？」

在還沒理解這句話的意思之前，我內心便被一道宛如雷擊般的預感擊中，讓我只能呆立在那裡。

——我認識這個傢伙！

不會錯的。我絕對曾在哪裡見過他。也曾像現在這樣面對面講過話。

但那是在哪裡呢。登入ＧＧＯ之後我只有和出現地點旁邊想買我角色的男性、帶我去買東西與報名參賽的詩乃以及她的朋友鏡子等三人講過話而已。所以說我並不是在這世界裡見過他。

那是在ＡＬＯ裡嗎？在阿爾普海姆裡，我和這傢伙都用另一個角色見過面嗎？我拚命搜尋著腦袋裡的硬碟，想著他的語氣以及氣息與哪個認識的人相近。但我實在是想不出來。我不記得曾遇過像他這種光站在眼前，全身散發出的冷氣就能讓人起雞皮疙瘩的傢伙。

哪裡……我究竟是在哪裡和這傢伙……

這時破爛長袍晃動了一下，接著由裡面伸出一隻纖細的手臂。我雖然準備再度飛退，但仔細一看之下，我發現那隻手除了戴著與長袍同樣破爛的手套之外就沒別的東西了。

那隻手在空中對著我叫出視窗，接著用缺乏生氣的動作操縱著。現在進行當中的第三屆ＢｏＢ預賽裡分為六組的對戰一覽表隨即出現在視窗上。

那像細金屬狀的手指敲了一下Ｆ組。結果Ｆ組的畫面立刻擴大為全螢幕。他又點了一下之後，螢幕就將對戰表的中央部份更加放大。

我的視線被他手指所指的一點吸引了過去。

上面列著兩個名字。

左邊是「餓丸」。而右邊則是「Ｋｉｒｉｔｏ」。右邊的名字上有一條發出淡光的線條向上延伸。剛才那場比賽裡我贏了餓丸而進入第二回合戰的情報早已經被播報過了。

他的手指稍微動，由上往下摸了一下Ｋｉｒｉｔｏ的字樣。接著再度響起聲音——

「這個、名字。那種、劍技……你、是真貨嗎？」

我瞬間遭受第三次，同時也是最大的衝擊。

這時我的膝蓋開始發抖，我必須拚命撐住才能讓自己不倒下去。

這名灰色長袍玩家——我確實認識他！

「桐人」這名字的由來，還有我打倒餓丸所使用的劍技。這兩種情報這傢伙都知道。

也就是說……我並不是在ＧＧＯ也不是在ＡＬＯ裡遇過這個人。

而是在ＳＡＯ，也就「Sword Art Online刀劍神域」裡面。在那款死亡遊戲的主要舞台浮遊城艾恩葛朗特裡，我曾在某處見過這個人。

這名藏在破爛長袍下的角色……不對，應該說戴著AmuSphere與這個角色連線的玩家和我一樣都是「ＳＡＯ生還者」。

我的心跳在不知不覺中已經快得跟敲木魚一樣。如果不是在陰暗的巨蛋當中，一定會被發

現我的角色臉孔已經完全蒼白了。

「冷靜、冷靜下來啊！」此刻的我只能在腦裡不停重複著這句話。

就算遭遇ＳＡＯ生還者，也沒必要慌成這樣吧。在艾恩葛朗特快崩壞之前，我的名字就因為特殊技能「二刀流」的報導以及和血盟騎士團團長希茲克利夫公開單挑而廣為流傳了。而且剛才對餓丸所使用的「奪命擊」算是相當普遍的單手直劍劍技。在艾恩葛朗特裡達到高等級的玩家，從剛才比賽的影像以及對戰表的玩家名字就可以推測出我可能就是ＳＡＯ攻略組的桐人。如果是我的話，在這個會場裡發現當初可能認識的玩家，也一樣會跟他搭話然後一起敘敘舊吧。

所以我根本沒必要害怕。應該不用害怕才對。

但我為什麼會如此……

下一個瞬間——消除對戰表後準備縮回長袍內的細長手臂上有一個部位吸引了我的目光。

像把破爛繃帶捲上去般的手套前腕部分，大約是手腕內側再上面一點的地方有一道細縫。可以從那道縫裡瞄到他蒼白的肌膚。

而那肌膚上面還刻劃著大約五公分左右的正方形刺青。

圖案是用漫畫手法所表現出來的西洋棺木。蓋子上畫著露出詭異微笑的臉。而且蓋子還稍微被拉開，從內部的黑暗當中伸出白色手臂對看見的人招手。過去在另一個世界裡，有個男人使用加毒的水讓我麻痺並準備殺掉我，當時他手上也有個同樣的刺青。

那是「微笑棺木」的紋章。

當認出那個圖案後，我還能忍住不大叫著倒在地面上，或是因為腦波異常而被強制登出，真可以說是奇蹟了。

破長袍底下的玩家那紅色鏡片凝視著站在那裡不做任何反應的我，接著低聲說道：

「你、不知道、我在問什麼嗎？」

我緩緩且慎重地點了點遊戲角色的頭。

「……嗯嗯。我是不知道。真貨到底是什麼意思？」

「…………………」

灰色長袍無聲的往後退了一步。紅色眼光像是在眨眼般開始閃爍著。

感覺似乎特別漫長的幾秒鐘後，無機質感覺倍增的聲音響了起來。

「…………那就、算了。不管、你是打著假名號的、冒牌貨…………還是真貨……」

他一邊向後轉，一邊留下最後一句話。

——總有一天、會被我幹掉。

這句話讓人感覺得到，他所說的並不是遊戲內的殺戮。

破爛長袍簡直就像真的幽靈般無聲無息地遠去——接著忽然就消失了。

周圍完全不像幾秒鐘前還有玩家存在的模樣。

我瘦小的身體現在才開始動搖，勉強撐住後整個人便像崩塌般往旁邊包廂座位坐了下去。接著我抱住瘦小的腳，將膝蓋抵在額頭上。

閉起來的眼瞼裡，明顯地印著那個雖然只見到零點一秒左右，但卻相當清晰的小刺青。微笑的棺材。在艾恩葛朗特裡只有一個使用此紋章的集團存在。

那就是殺人公會「微笑棺木」。

在長達兩年的ＳＡＯ攻略期間裡，陷入經濟拮据狀況而從其他玩家那裡搶奪金錢與道具的犯罪者玩家可以說在初期就出現了，但他們通常是以多人數圍住少人數的一方並強行要求交出值錢物品，最多也只是使用麻痺毒藥而已。

實際進行攻擊而讓人的ＨＰ值全部耗費殆盡的話，該玩家在現實世界裡也會真正死亡，所以還沒有一個人敢做出那樣的行為。因為這一萬名玩家基本上都是重度的網路遊戲狂，在現實世界裡一直都是與犯罪無緣的一群人。

但這條「決不讓人ＨＰ歸零」的不成文規定，卻因為一名怪異玩家而被打破了。

那男人的名字是「ＰｏＨ」。雖然是有點好笑的角色名稱，但卻意外——或許應該說正因為這樣而讓人覺得他有一種特別的吸引力。

第一個吸引人的就是ＰｏＨ他除了擁有異國情調的俊美外表之外，還是至少精通三國語言的多語言使用者。他可能是日本人與西洋人的混血兒，而他那種日文加上流暢英文以及西班牙俗語，簡直就像職業ＤＪ在唱Ｒａｐ的說話方式，很容易就改變了他周圍玩家們的價值觀。最後他們由遊戲玩家變成了一個冷酷、頑固且現實的非法集團。

而他第二個吸引人的地方其實很簡單，那就是ＰｏＨ本身的實力。

他是一位天才的短劍使。短劍到了他手上簡直就像是手臂的延長一般，其刀刃不必經過系統輔助也可以切碎怪物——或者是玩家。尤其是在死亡遊戲後期，當他得到一把名稱相當恐怖的大型短劍「殺友菜刀」後，實力連攻略組玩家都得忌憚他三分。

仰慕ＰｏＨ的法外之徒們便被他以與血盟騎士團希茲克利夫完全相反的吸引力，慢慢地、慢慢地將心中的界線放寬了。

在遊戲開始的一年過後，也就是二〇二三年的除夕夜。

規模膨脹到接近三十個人的ＰｏＨ一群人，襲擊了在練功區的觀光景點裡舉行野外派對的小型公會，並將他們全部殺害。

隔天，不被系統承認的「紅色（註：指殺害玩家）」屬性公會「微笑棺木」的成立通知，被送到艾恩葛朗特主要的情報商手裡。

不過剛才與我接觸的灰色長袍玩家應該不是ＰｏＨ本人。那種沒有抑揚頓挫且時常中斷的說話方式，與ＰｏＨ宛如機關槍般激烈且充滿煽動性的口氣完全不同。

但是「微笑棺木」裡確實有以那種方式說話的傢伙在。我和那傢伙碰過面並交談過——應該也交過手才對。而且他不是一般的組員，而是相當高層的幹部。明明已經回想起這麼多情報，但為什麼就是無法想出他的容貌與姓名呢。

不，其實我早就知道，想不起來的理由是因為我本身拒絕想起。

「微笑棺木」在二〇二四年元旦組成，而在八個月後的某個夏日夜晚消滅了。

當然，它並不是因為自動解散或是內鬥而消失的。是因為攻略組，也就是在最前線戰鬥的玩家們組成五十人規模的討伐部隊，靠著武力來將其消滅。

其實我們早就應該採取這種行動了。但因為一直找不到微笑棺木的基地，所以才會延宕了八個月之久。

玩家在艾恩葛朗特裡所能購買的房子或房間，無論是在街道裡面或是外面都能夠在ＮＰＣ的不動產公司裡確認正確所在位置。攻略組猜測他們應該是買下較大的房屋或者是碉堡等級的建築物才可能容納三十人起居，所以接受攻略組委託的情報商人查遍了從第一層開始的所有大房子。

但是這裡面雖然找到了幾個中小規模犯罪公會的基地，最重要的微笑棺木基地卻是花了好幾個月都找不到。

其實也難怪他們會找不到。因為微笑棺木是把低層區域裡早已被攻略下來、裡面沒有連結上層的高塔，而且程式設計者配置之後很容易便會遺忘的小洞窟安全區域拿來當做基地。攻略組玩家基本上只會參加迷宮區高塔的攻略，中級玩家也只會潛入人數較多的迷宮而已。當然偶而會有發現該問題洞窟並且進到裡面的玩家出現，但不難想像他們很容易就被微笑棺木給滅口了。

隱藏在如此隱密地點的微笑棺木基地之所以會在八個月後被發現，是因為其中一名成員可能是受不了殺人的罪惡感而向攻略組告密。而攻略組根據這個情報進行偵查並確定該洞窟確實是那些傢伙的根據地後，終於開始組成大規模的討伐部隊。擔任部隊領袖的是最大公會「聖龍聯合」的幹部。而「血盟騎士團」與其他有力公會裡也有許多實力堅強的玩家加入，當時身為獨行玩家的我也受到委託加入了部隊。

根據地是在下午三點遭受攻堅。

我們部隊的人數與平均等級都高於微笑棺木許多。因此我們認為只要封鎖成為他們基地的洞窟安全地帶出入口，應該就有很高的機率讓他們不戰而降。

但是——就與他們裡面出了密告者一樣……

我們嚴重保密並歷經多次研討的作戰計畫也不知道經由什麼樣的管道被他們知曉了。

當我們衝進迷宮時，沒有任何一個微笑棺木的成員待在安全地帶的大房間裡。但他們當然不是早已聞風而逃而是躲在迷宮的支道裡，反過頭來從背後襲擊我們。

他們已經精心準備了陷阱、毒品、欺敵道具等各種手段來出奇不意的打擊我們。討伐部隊一開始雖然陷入嚴重的混亂當中，但面對突發狀況時的對應正是攻略組最需要的能力。所以馬上就重整態勢的我們也開始猛烈地反擊。

但是──微笑棺木與討伐部隊之間其實有出乎人意料之外的差距存在。

那就是對於殺人是否有罪惡感。當了解到陷入狂亂狀態的微笑棺木成員無論ＨＰ被削減到什麼樣的地步都不會投降時，我們產生了非常劇烈的動搖。

當然我們事先就討論過這種狀況發生的可能性。而當時我們也做出了必要時就算讓敵人ＨＰ歸零也在所不惜的決定。但是包含我在內的討伐部隊成員，在面臨對手的ＨＰ條降到全紅狀態時，沒有任何人能毫不猶豫地給予最後一擊。討伐部隊裡面甚至有人丟下自己的劍而蹲在地上。

首先是討伐部隊裡出現了幾名犧牲者。之後同樣陷入狂亂狀態的攻略組也殺了數名微笑棺木的成員。

而接下去的戰況可以說是血腥無比的地獄。

戰鬥結束之後，討伐部隊出現十一名，而微笑棺木出現了二十一名犧牲者。當中有兩名玩家是被我親手用劍殺害的。

但是死亡與遭到逮捕的敵人裡並沒有看見首領ＰｏＨ的名字。

那場戰鬥之中殘活下來的十二名敵人玩家之後全被監禁在黑鐵宮裡，如果剛才那個灰色長袍玩家真是其中一名生還者，那我有可能在戰後處理當中的某個時間點曾和他說過話。之所以記得對方講話方式卻想不起容貌與姓名，全是因為我一直強迫自己遺忘曾經討伐過微笑棺木的事件。

不對………

不，說不定那長袍底下的……是我親手殺害的兩個人其中之一。

想不到我竟然會產生這樣的想法，於是我維持著在椅子上抱膝的姿勢拚命搖著頭。開始用盡吃奶力氣咬緊牙根，努力想改變自己的想法。

人死不能復生。ＳＡＯ事件的被害者四千人裡，無論是我所愛的人，或是我所恨的人，都再也回不來了。所以那個灰色長袍男一定是微笑棺木十二名生還者的其中一人。我應該知道他們所有人的名字才對。我忍受著挖出埋藏在心底回憶時的痛楚，試著回想起他們的資料。

但就在這個時候……

我又因為注意到一個新的可能性而喘起氣來。

那名灰色長袍所發出來的金屬性扭曲聲音。剛才只是發出相當低沉嚅囁聲，如果他全力大叫的話又會是如何呢……

一個禮拜前從聲音檔裡聽見的吼叫聲又在我耳朵深處響起。

『……這是真正的力量，真正的強勁！愚蠢的人們啊，把我的名字隨著恐怖牢牢記住吧！』

『我和這把槍的名字是「死槍」…………「death gun」！』

完全相同。不會錯的。聲波可以說是完全一致。

那傢伙就是──

那個灰色長袍男就是「死槍」嗎？

如果是這樣的話，我這次潛入GGO後盡量引人注目，然後成為「死槍」目標的任務很快就能達成了。

但是……但是……我完全沒想到事情會出現這樣的發展。

「死槍」就是SAO的生還者，而且還是原微笑棺木的成員──如果真是這樣……

那麼可能藉由遊戲內部槍擊殺害現實世界兩名玩家的男人……

說不定……說不定……真有那種力量……

這時我的左肩忽然被打了一下，我整個人差點發出悲鳴。因為驚嚇而邊發抖邊抬頭往上一看，馬上發現那頭水藍色短髮正在眼前搖晃著。

「你的臉色怎麼那麼難看……」

少女——詩乃皺起眉頭這麼說道，而我只能勉強撐起臉頰，對她露出像笑容般的表情。

「啊……沒、沒有啦……」

「剛才的比賽有那麼驚險嗎？但你看起來滿早前就已經回來了不是嗎？」

聽到這句話後，我才好不容易想起自己正在參加「Bullet of Bullets」的預賽。眨了眨眼睛，看了一下周圍後，發現原本擠滿廣大巨蛋的玩家群在不知不覺間已經減少了一半。因為第一回合預賽幾乎都已經結束，失敗者也被傳送到地面上去了。我接下來的對戰者應該馬上就會出現，而第二回合戰也將隨之展開。

但在這種情況之下，我不認為自己還能夠作戰。

我依序看著從較遠處露出驚愕表情的鏡子與站在眼前的詩乃，無力地由鬆開的嘴裡吐出一口氣。

詩乃瞬間露出非常認真的表情並且說：

「只是第一回合戰鬥就這麼狼狽，我看你是絕不可能打進決賽了。給我振作一點……我一

定要報被你欺騙的一箭之仇！」

她說完後便握起左拳，再度捶了一下我的肩膀。

我在無意識中用雙手抓住了這隻即將離我遠去的小手。隨即將它拉到自己胸前然後靠在額頭上。

「等、等一下……你在做什麼啊！」

詩乃急忙低聲這麼說道，並準備將手抽走，但我卻還是緊握著不讓她離開。

即使是由多邊形角色上傳來的熱量，也能讓現在的我感到言語無法形容的溫暖。當感覺到盤據在自己心中的那股恐怖冰凍感時，我整個人也開始微微發起抖來。

「……你怎麼了……？」

我先是聽見感到困惑的聲音響起，接著感覺到胸口那隻又小又溫暖的手開始慢慢放鬆。

7

右手食指上些微的疼痛讓詩乃皺起了眉頭。

她試著用大拇指中段部分把這種感覺擦掉。但是那種刺激手指內部的疼痛感卻是久久不能消失。

詩乃當然知道為什麼會這樣。

原因就出在桐人身上。右手就是被那個無禮又粗魯的菜鳥給用力握住才會變成這樣。

當然腦袋裡多少也知道，這在常識上來說是不可能發生的事。詩乃現在是使用AmuSphere來潛入假想世界，在這裡面就算手被握得再用力，現實世界裡的肉體也不可能會有血液不順或是神經遭受壓迫的情形出現。這個世界裡發生的所有肉體感覺，都只是機器藉著電子脈衝波直接傳送到腦部的擬似信號罷了。

但是——

但明明已經過了兩個小時，詩乃現在右手上卻還殘留著被黑髮光劍使緊握住時的壓力與體溫。

詩乃放棄消除刺痛感，開始將放在腳架上的反物質狙擊槍放回右手上。接著繼續將食指扣在調鬆彈力的扳機上。一起歷經無數戰鬥的愛槍「黑卡蒂Ⅱ」，它的握把手感已經如同自己身體延長般熟悉，但目前手部的輕微疼痛感卻仍然無法消失。

詩乃現在趴在略高崖上一小撮灌木叢下方，靜靜等待著狙擊的機會。

這座戰場的名稱是「曠野的十字路」。地形是中央有一座乾燥的高地，另外有兩條直線道路互相交叉。對戰對手的名稱是「Stinger」。目前是ＢｏＢ預賽Ｆ組第五回合戰的第一場準決賽，從比賽開始到現在大約過了十二分鐘左右。

只要能贏得這場比賽，無論下一場比賽的結果如何，都可以得到明天星期日晚上ＢｏＢ大混戰形式的正式大賽參賽權。但Stinger不愧是能打入第五回合的對手，實力可以說是不容小覷。

雖然名字叫做「Stinger」，但他也不是真的裝備著攜帶式地對空「刺針飛彈」。他的主要武器應該是「ＦＮ・ＳＣＡＲ」突擊步槍，但這也已經算是相當危險的武器了。它配備著高性能ＡＣＯＧ瞄準鏡，因此集彈率可以獲得很大的修正。只要讓他接近到目視距離，身為狙擊手的詩乃就完全不是他的對手了。

幸好這個地圖上要從被道路分割為四等分的一個區塊移動到另一個區塊時，一定得經過中央十字路口。而兩名玩家的出現位置最少也隔了五百公尺，所以不可能一開始就被配置在同一個區塊裡。

也就是說Stinger為了要將詩乃納入ＳＣＡＲ的射程裡，就一定得想辦法突破中央的十字路口，反過來說，詩乃也一定得在Stinger準備突破十字路口時狙擊成功才有獲勝的機會。

因此可以預測Stinger應該會盡量拖延強行突破的時間，好消耗詩乃的注意力。但也不能完全否定他反其道而行忽然就冒出來的可能性，所以詩乃只能持續緊繃著神經，像這樣一直透過瞄準鏡注意著四周圍。

現在由Ａ到Ｏ共十五組的預賽選拔裡，有一半以上組別的決賽已經分出勝負，目前大概只剩下十場比賽在同時進行當中。因此待機巨蛋、一樓大廳以及街上的酒店裡應該都即時轉播著所有比賽，但看著這場詩乃對Stinger比賽的觀眾一定會覺得很無聊吧。因為從比賽開始到現在，雙方根本還沒有發射過任何一發子彈。

不過同時進行當中的Ｆ組第二場準決賽一定是比這場無聊對決更刺激幾百倍的對戰。

因為那邊可是使用兩把衝鋒槍的近距離戰專家，對上了更誇張的超近距離戰武器——也就是光劍的戰鬥啊。

雖然知道自己絕對不能有一絲的鬆懈，但詩乃的思緒還是回到那名充滿謎團的少女，不對，應該是少年的身上。

十分鐘左右解決第一回合戰，回到待機巨蛋後詩乃馬上就受到鏡子——新川恭二的祝福。簡短地道完謝並準備回到剛才包廂席的詩乃，看見待在那裡的桐人後不禁感到有些吃驚。沒想到他竟然會比自己還快獲勝。正當詩乃準備靠過去座位對他說「還滿有一套的嘛」時——立刻又發現另一件讓人驚訝的事情。

桐人在比賽開始之前明明都是一副大剌剌的態度，但現在卻緊抱著膝蓋坐在板凳上，低垂的頭部和瘦弱的肩膀還不斷微微發抖著。

……明明獲勝了還那麼狼狽，跟拿槍的對手戰鬥有那麼恐怖嗎？

這麼想的詩乃無意識中伸出了右手，輕輕敲了敲穿著夜間偽裝夾克的肩膀。

結果桐人馬上嚇了一大跳並縮起了身體，接著用極度惶恐的動作抬起頭來。

他那極容易被誤認為女性，兼具楚楚可憐與聰明伶俐的角色臉上——出現簡直像看見地獄深淵般的極度恐懼表情。

「你的臉色怎麼那麼難看……」

詩乃不由得如此說道，結果桐人用力眨了幾下眼睛之後，臉上才露出個相當僵硬的笑容。

面對回答我沒事的桐人，詩乃提出了第一回合戰有那麼棘手嗎的問題。但是少年只是將表情隱藏在長長黑髮下並虛弱地呼出一口氣，接著沒有做出任何回答。

原本詩乃也不需要再多問些什麼。

因為桐人他只是個故意不說明詩乃對他角色的性別誤會，然後藉此要詩乃帶他去買東西，最後甚至還厚著臉皮和詩乃進到同一間更衣室裡的傢伙。

當然誤認對方是女孩之後就沒有要求他提出名片的詩乃也有不對。所以詩乃其實有一半是在生自己的氣。

自從在現實世界裡被同學們利用之後，明明就已經在內心發誓不再依賴別人也不再需要朋友了。但在ＧＧＯ裡被相當難得一見的女性玩家拜託帶路時，自己竟然就輕易忘記了這樣的決心。

當時其實真的很快樂。不論是在商店裡買東西的時候還是坐在三輪電動車後座的時候，詩乃都感覺到自己在ＧＧＯ裡面已經很久沒像這樣笑過了。沒錯——詩乃其實不是因為桐人是男生而生氣。她是無法饒恕和桐人在一起時變得如此毫無防備的自己。

所以當她知道桐人通過第一回合戰鬥時，可以說是打從心裡感到相當高興。

因為只要在決勝戰時遇見他，然後用黑卡蒂的子彈擊破那楚楚可憐的角色，自己就能變得比遇見這傢伙前還要堅強。在詩乃有了這種想法的時候，眼前的桐人竟然就像變成另一個人似的陷入極度恐懼當中。

詩乃在無意識中用力壓低自己的聲音說：

「只是第一回合戰鬥就這麼狼狽，我看你是絕不可能打進決賽了。給我振作一點……我一定要報被你欺騙的一箭之仇！」

然後她握起右拳，再度輕輕捶了一下桐人的肩膀。

但詩乃的拳頭卻忽然被一雙白皙的手給包住。接著更被強行拉了過去，最後整個被緊緊貼在桐人穿著軍隊工作服的胸前。

「等、等一下……你在做什麼啊！」

她反射性的大叫並準備把手抽回來，但這名為桐人的瘦弱角色，竟然以讓人驚訝其ＳＴＲ值的力道持續握著詩乃的手。

當然他的雙手就跟冰塊一樣，而呼在詩乃手背上的氣息也一樣冷到了極點。

這時候詩乃的視線裡馬上閃爍著申告性騷擾行為的圖像。無論是用左手觸碰圖像或者是發出宣告，桐人的角色就會被傳送到格洛肯的監獄區域裡暫時沒辦法出來。

但是詩乃卻沒有任何動作也沒有任何發言。

眼前這個握住自己手並全身發抖的瘦小角色，給詩乃一種強烈的熟悉感。她曾經在某處見過這種模樣的女孩子。一這麼想之後，她馬上就發現到，那女孩就是她自己。

當然不是狙擊手詩乃，而是現實世界裡的朝田詩乃。害怕那夾雜著血腥與硝煙味道的記憶，躺在床上縮著身體，不斷囁嚅著「誰來救救我」的詩乃就是這種樣子。

一發現這一點之後，詩乃在不知不覺之間便放鬆了手的力道。

「……你怎麼了……？」

詩乃低聲問道，但對方沒有回答。不過詩乃還是可以感覺得出來。

緊抓住詩乃手的黑髮角色——不對，應該說角色內心那個不知長相也不知名字的玩家，或許也和詩乃一樣受困於某種黑暗當中。

於是詩乃準備問他究竟發生了什麼事……

但就在她要開口之前，桐人的身體就被淡淡光芒包圍並消失了。原來是他下一個對戰對手終於出現，因此就被傳送到第二回合的戰場上去了。

照那種樣子看來，他應該是沒辦法繼續戰鬥了吧。詩乃這麼判斷並微微嘆了口氣。

失敗者將從地下的待機巨蛋裡被傳送到地面上的總統府大廳去。所以如果桐人落敗，今天——或者是從今以後就沒有和他見面的機會了。

當然就算是這樣也沒什麼大不了的。打從一開始他就不是詩乃的朋友，只是一個順便帶他到總統府的路人而已。今天過後，他的容貌與長相都將會被自己遺忘。

詩乃一邊對自己這麼說，一邊默默地把懸在空中的右手收回胸口。

但是——

桐人卻大出詩乃意料之外的以光劍與手槍通過第二回合、第三回合甚至是第四回合的戰鬥。

在等待自己比賽的時間裡，詩乃唯一一次有機會由螢幕上觀看桐人的比賽。他採取的是可以用鬼氣逼人來形容的捨身特攻戰法。即使面對拿著突擊步槍迅速發射子彈的AGI型對手，他也是一面以小小的手槍——也就是詩乃推薦的5－7手槍來反擊一邊由正面突進。只見他無視擊中角色末端部位的子彈，靠著僅用光劍將致命子彈擋開的超級技巧瞬間欺近敵人身邊，然後將對方連人帶槍一起砍下去。

在第一屆、第二屆BoB裡都沒有任何一個採取像他這種作戰方式的玩家出現。在充滿歡呼聲的待機巨蛋裡，詩乃只能瞪大眼睛看著出現在眼前的景象。

照這種情況看來，桐人有很大的機會打進F組決賽。但是面對這種常識外的對手，自己應該怎麼應戰才好呢。

看完桐人的比賽之後，就算自己的準決賽已經開始，詩乃腦袋裡也還是有一部分想著剛才的情形。當然她同時也忍不住想著關於桐人這名玩家的事情。

一起買東西時他那種充滿好奇心的自然笑容、被發現是男性之後那種無所謂的大剌剌態度、一回戰之後緊抓住詩乃的手並不斷發抖的軟弱模樣。還有——藍色光刃毫不留情地斬殺對手時宛若鬼神的形象。

到底哪一種模樣才是真正的「桐人」呢。

而自己又為什麼會一直想著這種事情呢。

詩乃心裡開始湧起一股莫名的焦躁，於是右眼一直貼在瞄準鏡上的詩乃輕輕咬住自己嘴唇。就在這個時候——

在她看向一公里外視線的左側，忽然有道巨大影子由直立的懸崖陰影裡衝了出來。

詩乃半自動性地微調整黑卡蒂的準星。現在風向是從左邊吹來，風速大約是二・五公尺。溼度則是百分之五。接著她便將微微發光的瞄準線中心點稍微往上移，然後在彈預測圓第一次收縮時便毫不猶豫地扣下扳機。

立刻由槍口發出一道轟然巨響。

瞄準鏡的視線當中可以看見五十口徑彈像穿越空氣中的熱氣隧道般往前飛去。接著朝左下方畫出圓滑螺旋曲線的軌道隨即命中了影子上部。

「唉唷……」

詩乃一邊呢喃一邊將黑卡蒂的退彈桿拉下。空彈殼馬上由彈倉裡排出，下一發子彈跟著進入藥室當中。

瞬間無聲消失的影子結果不是對手Stinger，而是直徑約一公尺左右的巨大岩塊。

下一個瞬間，由岩石飛出來的同一個場所裡，有一道更巨大的剪影一邊揚起灰塵一邊往前突進。

那是輛四輪裝甲車「ＨＭＭＷＶ」。車輛系的道具並不是玩家個人所有物，而是像隱藏寶

物般藏在戰場裡某個地方，先找到的人就可以乘坐上去。明明應該是全新的車輛，但詩乃迅速就發現目前出現的車子正面有道小小的凹陷。也就是說一開始飛出來的岩石是那台車子故意撞飛出來的。

應該坐在駕駛座上的Stinger知道詩乃的主要武器黑卡蒂Ⅱ是無法連射的手動槍機形式。而且也知道詩乃一定瞄準了自己非得通過不可的十字路口。

因此他先用ＨＭＭＷＶ將岩石撞飛到十字路口並讓詩乃狙擊該目標，然後在她準備發射下一發子彈前通過十字路口。

這確實是很不錯的作戰。事實上當詩乃進行退膛動作時，車子已經來到了十字路口的中央部份。詩乃只剩下一發子彈的機會。而且根本沒有仔細瞄準的時間。

但是詩乃並不慌張。

Stinger雖然奪走詩乃身為狙擊手最大的武器「無預測線的第一擊」，但他也給了詩乃相當貴重的情報。詩乃的視線裡還殘留著第一發子彈所畫出來的彈道曲線。只要她不自亂手腳的話，第二發子彈也可以按照同樣軌道發射出去。只要利用這一點，就可以進行比第一發子彈更加精準的狙擊。

詩乃稍微動了一下槍身，靜靜地扣下扳機。空間裡再度揚起震天巨響。

發射出去的子彈像被吸進去般命中ＨＭＭＷＶ側面的小窗戶，更輕鬆地貫穿了厚重的防彈玻璃。

接著車輛便開始到處蛇行，最後開到路肩的岩石上整個翻覆。它由正面衝進深處的山崖，然後引擎蓋上噴出紅黑色火焰。

「……明明乾脆從車上跳下來用跑的，就能看見預測線來進行迴避了說。」

詩乃一邊低聲說著一邊裝填上第三發子彈。她的右眼依然沒有離開瞄準鏡，到現在還是一直透過刻度鏡片看著燃燒的ＨＭＭＷＶ。等了幾秒鐘之後Stinger還是沒有出現，雖然幾乎可以確認他立刻就死在駕駛席上了，但詩乃還是沒有改變射擊姿勢。

一直到黃昏色天空出現恭喜獲勝的字樣時，詩乃才由樹叢的陰影裡爬出並站起身來。

比賽時間共十九分十五秒。順利突破準決賽。

這下子便按照計畫拿下參加明天ＢｏＢ正式大會的門票了。但是詩乃別說是勝利手勢了，臉上甚至連個笑容都沒有。因為她的思緒早已經飛到接下來即將開始的Ｆ組預賽決勝戰上。

謎之來訪者桐人無疑一定比詩乃還要快獲得準決賽的勝利。他的對戰對手是兩手裝配著ＳＭＧ衝鋒槍的近距離戰類型。就算對方能發射再大量的子彈，只要讓那名光劍使欺近身邊，在削弱他ＨＰ之前早就被足以致死的能源劍給幹掉了。因為桐人他可是擁有「預測彈道預測線」這種恐怖的技能。要在正面戰鬥中擊倒他，就真的只能拿Ｍ１３４迷你砲機槍才有可能。

因此詩乃就這樣以雙手抱著黑卡蒂，一動也不動地等待被傳送到下個戰場的瞬間來臨。

數秒後，詩乃沒有回到待機巨蛋就直接被傳送到決勝戰的準備空間裡。正如詩乃所預料，浮在頁框面板上的視窗果然顯示出下一戰對手是「Ｋｉｒｉｔｏ」。

經過下一次的轉送後睜開眼睛，馬上就有一條直線延伸至遠方的高速公路，以及公路末端立刻就要下沉的血紅色夕陽映入眼簾。

這是名為「大陸間高速公路」的戰場。雖然跟之前的戰場一樣是長寬各一公里的四方形，但因為無法離開東西向橫貫中央的高速公路，所以事實上是面相當單純的細長形地圖。只不過有無數的乘用車、輸送車與墜落的直昇機被遺棄在路面上，還有許多鋪設路面直接向上突起，所以沒辦法一眼看穿道路的底端。

詩乃馬上往後轉，確認自己是位於幾乎算是東邊底端的位置。也就是說對手桐人是出現在西方高速公路離詩乃至少五百公尺的地方。

接著她又環視了一下周圍環境，然後馬上跑了起來。她的目標是橫跨在右斜前方的大型觀光巴士。由半開狀態的後門衝進內部之後，直接就向通往二樓座位的樓梯爬去。她先是像飛撲般將身體趴在中央走道的地面上，接著從肩上拿下黑卡蒂Ⅱ並架起腳架。最後將槍口朝向巴士前面的大型窗戶設置好並擺出臥射姿勢，再把瞄準鏡前後的可掀式護罩掀了起來。

太陽目前就在詩乃正面。因此她藏在外面任何地方來架設狙擊槍，都可能會有瞄準鏡反射出太陽光而讓敵人察覺藏身之處的危險性。而要壓制暴露藏身位置的狙擊手可以說是相單簡單的一件事。

但是在這台巴士裡面的話，貼上防曬紙的玻璃窗就可以幫忙掩飾瞄準鏡的反射光。而且這台巴士算是制高點，所以幾乎可以望穿路面上所有的掩體。

桐人應該會以高速在掩蔽物當中不斷移動的方法來接近自己。而有彈道預測線的狙擊一定無法打倒像他那樣的敵人。因此詩乃的機會就只有賭在對方還無法掌握她所在位置時的首發子彈上。

我一定會打中——

詩乃一邊在心底深處堅定地念著，一邊將右眼靠在瞄準鏡上。

其實連她自己也無法說明為什麼會如此想要獲勝。

詩乃確實是被隱藏自己性別的桐人欺騙而幫他帶路與搭配各種裝備。而且還在休息室裡被看見她換衣服的模樣。

但這也不是什麼大不了的事。她的道具沒有受到任何損害，被看見的也只是角色的內衣而已。要忘記從格洛肯路上相遇到待機巨蛋裡分手這幾十分鐘的事情其實相當容易。

但是現在詩乃就是想要贏過桐人，因為他擁有讓詩乃過去在ＧＧＯ裡所有戰役都相形失色的實力。沒錯——連那個恐怖的迷你砲機槍使都比不上桐人。這個今天剛來到這個世界，甚至

不是槍手而是使用旁門左道光劍的傢伙，為什麼會這麼厲害呢……

不對……

等等，或許我早就已經知道理由了也說不定。

那是因為我內心某個部分還是沒有把他當成「敵人」。因為當那坐在堅硬位子上的傢伙以又冷又發抖的手握住我時，我就感覺內心產生了一種無以名之的感情。

是同情嗎？不對。

難道是可憐？這也不對。

又或者是共鳴？這更不是了。

沒有人能夠引起我的共鳴。跟我一樣背負著那種痛苦黑暗的人不可能存在。我之前雖然有所期待，但不是已經被背叛過無數無數無數無數無數次了嗎。

能拯救我的就只有自己的實力而已。就是因為領悟到這一點，我才會在這裡。

我根本不想知道桐人他究竟有什麼心事，也沒有必要去知道。我要用不帶感情的一擊將那個角色轟飛，然後將其埋葬在過去被我擊倒的無數角色當中並加以遺忘。

這就是我應該做的事。

堅定自己的想法之後，詩乃凝視著瞄準鏡裡的視野，手指也一直扣在扳機上。

所以——

當那道黑色剪影在深紅夕陽前面浮現時，詩乃瞬間忘記身為狙擊手的自制而發出聲音。

「……啊……」

從在微風當中搖晃的黑髮、身穿夜間迷彩色軍用工作服的纖細身軀、掛在皮帶上的光劍劍柄來看，眼前這人確實是桐人沒錯。

但是他卻完全沒有奔跑。甚至可以說沒有隱藏住身體的意思。他只是慢慢、慢慢地走在高速公路中央微微隆起的中央分隔島上。那種毫無防備的模樣與剛才比賽的時候完全不同。

——這表示就算沒有彈道預測線，也可以隨時避過我的狙擊嗎？

當思緒在腦袋裡炸開的同時，詩乃瞄準鏡裡的刻度線已經疊上了桐人頭部。在手指要扣下扳機之前——詩乃馬上就知道一秒前的推測是錯誤的。

因為桐人根本沒有看前面。他深深低著頭，像虛脫般全身沒有任何力道，只是機械式的交互動著雙腳。與剛才那場比賽裡那種鬼氣逼人的突進完全相反，可以說是毫無氣力的走路方式。

那種樣子絕對不可能躲開詩乃的狙擊。因為黑卡蒂II發射出去的子彈遠超過音速，當聽見聲音時就來不及了。而且頭往下看的話，根本就無法察覺發射子彈時的火焰。

也就是說——桐人打從一開始就不準備躲開子彈。他故意要接受攻擊，然後在自行認輸的情況下結束這場比賽。只要完成得到正式大賽參賽權這個目的，接下來的事情……比如說和詩

乃的決勝戰就一點都不重要了。他應該就是這種意思吧。

「……別開……」

由詩乃的嘴裡吐出沙啞的聲音。

她將手指扣在扳機上並開始用力。綠色的著彈預測圓隨即出現並以桐人低垂的臉孔為中心高速伸縮著。激烈的變化正顯示出詩乃的心跳相當紊亂，但現在是輕微的順風，並且距離只有四百公尺。只要詩乃發射就一定可以擊中才對。

食指底下的扳機彈簧發出輕微聲響。但詩乃這時卻鬆開了手指。接下來她又再度用力，扳機也再次發出聲音。但她最後還是作罷。

「……別開玩笑了！」

她發出像小孩哭泣般的扭曲聲音。

同一時間她還是扣下了扳機。五十口徑狙擊槍的咆哮瞬時充滿了整台觀光巴士，大塊的擋風玻璃一邊變成白色粉塵一邊粉碎。

發射出去的子彈直線貫穿夕陽帶來的深紅色空氣——接著通過離桐人右頰五十公分以上的空間，命中橫躺在桐人遙遠後方的乘用車腹部。車體先是冒起火柱，接下來冒出黑煙。

十二·七毫米彈從頭旁邊經過所造成的風壓讓桐人微微一個踉蹌，但他站穩之後立刻就抬起頭來。

那宛如少女般的姣好容貌帶著些許「為什麼沒射中」的疑問神情。詩乃一邊凝視著映在瞄準鏡中央的臉龐，一邊進行退膛動作並迅速發射第二發子彈。

這次的子彈從桐人頭上飛過然後消失在戰場遠方。

詩乃再度裝填與擊發。第三發子彈在黑衣少年腳邊稍微偏左的柏油路面上留下巨大彈痕。

接著詩乃便重複裝填、擊發、裝填、擊發的動作。

六個彈殼滾落在詩乃周圍，隔了一段時間後消失無蹤。

但桐人卻還是毫髮無傷的站在那裡，詩乃透過瞄準鏡可以見到他只是持續投射出充滿疑問的眼神。

詩乃緩緩站起身，用兩手抱住黑卡蒂，開始在巴士走道上邁開腳步。她直接穿過幾乎不留痕跡的擋風玻璃後來到地面上，接著繼續向前走去。

數十秒之後，當來到離桐人僅剩下五公尺的距離時，詩乃停下了腳步。

她從正面凝視著黑衣光劍使，接著開口說：

「為什麼……」

桐人似乎可以理解這個問題的意思以及夾雜在其中的責難之意。他黑色的眼珠產生動搖，再度往腳底下看去。

不久後，他就像ＮＰＣ般以不帶感情的聲音小聲回答道：

「……我的目的只是要進入明天的正式大賽。現在已經沒有繼續戰鬥的理由。」

這是詩乃早已預測到的答案。但正因為如此，無可饒恕的感情才會充滿她的內心，讓她吐出接下去的話：

「那比賽開始後你用槍射擊自己不就得了。你是捨不得子彈錢嗎？還是覺得故意讓我射死幫忙增加一個殺人數我就會感到滿足了……？」

詩乃再往低著頭的桐人靠近一步。

「你要覺得這只不過是ＶＲ遊戲裡的一場比賽那是你的自由！但不要把你的價值觀強加在我身上好嗎！」

詩乃用發抖的聲音一邊叫著，一邊也覺得自己現在說的話其實同樣沒有道理。

現在的詩乃也是在將個人的價值觀強行加諸在對方身上。如果自己無法原諒桐人這麼做，那麼只要在第一發子彈時讓比賽分出勝負然後忘記這件事即可。但她不但沒這麼做，還故意發射六發子彈恐嚇對方，然後還正面對他爆發出自己的心情。說起來或許是詩乃比較無理取鬧也不一定。

但是——

就算有所自覺，詩乃還是阻止不了自己。她沒辦法阻止自己抱著黑卡蒂的雙臂不斷發抖、臉上表情皺成一團以及兩眼下緣流下一滴眼淚。

背對著遠方逐漸沉下地平線的夕陽，桐人已經有些變成黑影的雙眼緊緊閉上，嘴角也完全黏在一起。

不久之後瘦小的角色忽然全身放鬆，接著流露出虛弱但多少帶點感情的聲音。

「……感覺上……我似乎很久以前也曾經被某人這樣責備過……」

「……」

瞄了無言的詩乃一眼之後，桐人又靜靜地低下頭。

「……抱歉。是我不對。只不過是遊戲、只不過是一場比賽，但正因為如此才要全力以赴……不然的話，就沒有生存在這個世界裡的意義與資格了。我明明知道這一點才對……」

這時來自於異鄉的劍士抬起頭來，以漆黑的眼珠凝視著詩乃並開口說道：

「詩乃，可不可以給我補償的機會。現在開始和我一決勝負吧。」

聽見這出乎意料之外的發言後，詩乃瞬間忘記憤怒而皺起眉頭。

「就算現在要開始也……」

BoB預賽以及正式大賽都是從不知敵人位置的情況下開始的遭遇戰。像現在這樣不作戰便碰面了之後，就不可能回到開始時的狀況了。

但是桐人只是微微一笑，接著從左腰的皮套裡拔出上5－7手槍。用手制止反射性做出備戰動作的詩乃後拉下滑套卡榫。他敏捷地在空中抓住排出的子彈，然後再度將手槍放回皮套裡。

桐人左手手指不停轉著細長的五．七毫米彈，接著又開口說：

「妳應該還有子彈吧？」

「嗯嗯…………還剩下一發。」

「那我們就以決鬥形式來分個高下。這樣吧……離開十公尺之後，妳用槍而我用劍擺出戰鬥姿勢。然後我會丟出這顆子彈，當子彈掉落在地面的瞬間便開始比賽。妳覺得如何？」

詩乃與其說是吃驚，倒不如說是因為他的異想天開而感到無奈。詩乃沒有注意到，自己剛才的憤怒感已經在不知不覺間被稀釋，只是開口這麼說道：

「我說啊……你覺得這樣可以分出高下嗎？只是十公尺而已，這把黑卡蒂的子彈絕對會打中你。再加上我的技能熟練度、數值補償以及這傢伙的性能，這是系統上絕對會命中的距離唷。你根本沒有揮動光劍的時間。結果還不是和你自殺一樣。」

「不試試看怎麼知道。」

自傲的說完之後——桐人那鮮紅的嘴唇露出了微笑。

看見他那副表情的瞬間，詩乃感覺背後閃過一道電流。

他是認真的。這個光劍使是真的認為就算和詩乃進行這種西部決鬥也能獲勝。

確實黑卡蒂II的彈匣裡只剩下一發子彈。或許他是覺得只要避過之後就能夠獲勝，但這實在是太天真了。面對必中必殺的子彈，根本沒有「任何辦法」能躲過。購物中心裡「避彈遊戲」的那個槍手所使用的老古董左輪手槍，無論是彈速、準度與威力都遠遠落後於黑卡蒂。

但是──如果桐人真有某種「方法」的話呢……

那我無論如何都想要見識一下。

下一個瞬間詩乃便點了點頭，接著開口說道：

「好吧……就用這方式分個高下。」

於是她轉身，在中央分隔島上往東走了十幾步，接著再度轉身面對太陽。

兩人的距離剛好是十公尺。詩乃舉起抱著的黑卡蒂後，將槍托抵在右肩並打開雙腳擺出射擊姿勢。

現實世界裡的話，再怎麼強壯高大的男人都無法以站姿來發射反物質狙擊槍，但ＧＧＯ裡只要有充分的能力值就有可能辦到。當然詩乃有可能因為承受不住巨大後座力而向後倒，但反正只有一發子彈而已，所以也沒關係了。

拉下退彈桿，將留在彈倉裡的最後一發子彈送進彈膛裡。

把臉頰靠在機關部並將眼睛貼上瞄準鏡後，發現就算在最低倍率之下桐人的身影也充滿了瞄準鏡。

那宛如少女的漂亮臉龐上，已經看不出數分鐘前那種毫無氣力的模樣了。他那黑曜石般的

外表發出絢爛光芒，嘴上還露出充滿自信的笑容。

桐人以左手指尖夾住由5—7手槍取出來的子彈，維持著手臂往前伸直的模樣，然後從右腰上拔下光劍。大拇指推上開關之後，閃爍藍白色光芒的能源劍刃便隨著震動音伸了出來。

目前在外面看著F組決賽的觀眾們一定搞不懂這兩個人在做什麼吧。但是詩乃根本不管他們怎麼想。雖然是劍對上槍這種照常識來判斷就能知道結果的決鬥，詩乃後頸部卻還是感到一股令人焦躁的緊張感。

——那傢伙果然有某種「方法」。

有了這種直覺的詩乃將黑卡蒂的瞄準稍微移開了去。

刻度鏡片後面的桐人張口這麼說道：

「那要開始囉……」

他左手手指毫不猶豫地向上一彈。子彈一邊迴轉一邊高高飛上天空，受到夕陽照射之後在上空發出紅寶石般的光輝。

桐人沉下腰部。擺出左半身在前方的姿勢。他右手上的光劍則是微微向下垂。那是種從腳指到指尖都感覺不到一絲力道的放鬆站姿。但是卻有一股類似拿槍瞄準對方心臟的壓迫感由這瘦小的角色身上散發出來。

詩乃也感覺自己五感的敏銳度開始劇烈升高。空中的五·七毫米彈速度變得相當緩慢。所有聲音全部消失，只剩下自己身體與黑卡蒂II的感覺。不對，應該說連這兩種感覺的界線都已經變得模糊。射手與槍械完全融為一體，變化成只為了讓子彈擊中目標的精密裝置。

視線裡的白色刻度鏡片與綠色預測圓全部消失。

作為信號的子彈緩慢且寧靜地掉落在維持站姿的黑衣劍士面前。即使子彈垂直切過瞄準鏡裡的視線並消失無蹤，詩乃也還是能夠感覺到它的存在。子彈慢慢迴轉慢慢接近地面——銳利的彈頭接觸柏油路面——判定兩個物件接觸之後，遊戲系統便將產生聲音效果的命令傳達給AmuSphere——由信號元件發射出來的電子脈衝波刺激了詩乃的聽覺皮質區——

叮。

當這道細微聲音響起的瞬間，詩乃的右手食指扣下了扳機。

接下去一秒鐘內所產生的好幾種現象都伴隨著鮮豔的色彩，在詩乃加速的意識裡留下了深刻印象。

由黑卡蒂那大型防火帽裡迸發出橘色火炎。

而對面有一道藍白色閃電斜斜地割裂了夕陽色彩。

閃爍著流星般光輝的兩個小物體分別由桐人左右兩邊向後飛去。

詩乃受到反物質狙擊槍的後座力衝擊，整個人一邊向後倒去，一邊才了解到自己所看見的光景究竟是怎麼回事。

他砍斷了。

當做為信號的字彈落地那一瞬間，桐人右手上的光劍便往上斜斬，將原本應該命中他的致命五十口徑彈在空中切斷。詩乃所看見的兩顆流星就是被高密度能源所切成兩半，然後掠過桐人身體兩側向後方飛去的子彈碎片。

但是——怎麼可能會有這種事情！

如果是猜測子彈軌道然後賭博式揮劍造成的結果就還可以理解。但是詩乃選擇的不是一般人都會瞄準的角色中心線，而是對準了桐人的左腳。

像黑卡蒂這樣的大口徑槍械，都擁有「衝擊損害」這樣的追加效果。在這種超近距離之下，就算只是被打中手或是腳，也會因為承受衝擊所造成的範圍攻擊力而讓ＨＰ瞬間歸零。

今天才轉移到ＧＧＯ裡來，而且對槍械毫無了解的桐人不可能知道這件事。所以如果要猜測彈道的話，一定會守住身體的中心線才對。

但是桐人的光劍卻準確地捕捉住往自己左大腿飛過來的子彈。而且在這種距離、這種彈速之下，預測線的輔助可以說一點用處都沒有。那他到底是——怎麼辦到的……

在感到訝異不已的一瞬間，詩乃的手臂也沒有閒著。她雖然往後倒，但左手還是趕緊放開黑卡蒂，本能性地準備拔出腰間的ＭＰ７。

但搶在她拔槍之前……

以閃電般速度衝過這十公尺距離的桐人馬上就來到詩乃眼前。他右手上的劍刃一閃，詩乃眼前染上了一片藍色。

會被殺掉。

雖然有了這種預感，但詩乃還是努力不閉上眼睛。她睜開的雙眼前方，可以見到光亮的黑髮在巨大夕陽下畫出扇子狀弧形——

接下來一切全都靜止了。

右手黑卡蒂與左手ＭＰ７都往下垂的詩乃雖然整個人向後傾斜，但過了好一陣子都沒有倒在路上。那是因為桐人的左臂從後面支撐著她。

詩乃就維持著後仰的姿勢，而劍士右手上的光劍劍刃就整個抵在她那毫無防備的咽喉上。這時她耳朵裡只能聽見電漿的低聲震動與遠處的風聲。

左腳整個向外踏並探出身子的桐人與整個人向後仰的詩乃就像在跳舞般緊貼在一起，他們甚至還維持這個動作好一陣子。

桐人漆黑的眼珠就在自己眼前。無論是在現實世界或假想世界，自己都沒允許任何人接近到這種距離，但詩乃現在卻不在意這一點，她只是凝視著桐人的雙眼並且低聲說道：

「……你是怎麼猜出我瞄準哪裡的？」

能源劍後方的嘴唇輕輕開啟：

「我透過瞄準鏡看見妳的眼睛了。」

眼睛。也就是——視線。

黑衣劍士表示是根據詩乃的視線來讀出彈道。

詩乃從沒想過，這個世界裡竟然有人可以辦到這種事。一種近似戰慄的感覺由她背部直接貫穿頭部頂端。

太強了。桐人堅強的實力已經超過ＶＲ遊戲的範疇。

但這就更讓人感到不解了——為什麼那時候他會在待機巨蛋的角落裡抖得那麼厲害。又為什麼會用那麼冰冷的手緊抓住詩乃的拳頭。

從詩乃的嘴裡流露出相當細微的聲音。

「有這樣的實力，你還在怕些什麼？」

結果桐人的眼睛稍微產生動搖，經過短暫沉默之後，他才用壓抑的聲音回答：

「這不是實力，只是技術而已。」

一聽到這答案，詩乃馬上忘記抵在喉嚨上的光刃而劇烈搖著頭。

「騙人。別說謊了。光靠技術不可能砍得斷黑卡蒂的子彈。你自己也應該知道才對。要怎樣才能像你這麼強呢？我……我就是為了像你這樣才……」

「那我問妳！」

桐人突然以低沉卻隱含著類似青之火炎熱量的聲音說道：

「如果妳的子彈真的能夠殺害現實世界裡的玩家……而且要是不殺了他自己或是相當重視的人就會被殺。在這種狀況下妳也能毫不猶豫的扣下扳機嗎？」

「…………！」

詩乃忘記呼吸，瞪大雙眼。

一瞬間詩乃有了「他知道嗎」的想法。這名謎之來訪者知道將詩乃過去染上一片黑暗的那個事件嗎？

——等等，不對。應該不是那樣。這個人過去……可能也曾經……

支撐詩乃背部的左手變得僵硬，但馬上又放鬆了。桐人一邊無力的搖頭一邊讓前髮碰著詩乃的額頭，接著又低聲說道：

「我已經辦不到了……所以我一點都不強。我……甚至不知道那時候被我殺掉的兩個人，不對，是三個人他們真正的名字……只是閉上眼睛、摀住耳朵，努力讓自己把那一切全部遺忘掉……」

詩乃聽不懂這段話的意思。

但是她可以確認一件事。那就是桐人內心也隱藏著和詩乃同樣的黑暗以及恐懼。而他在待機巨蛋裡等待下一場比賽時一定遇見了某件事情。某件讓他埋藏在心裡的黑暗再度湧出的事情。

MP7由詩乃手上滑落到地面上。

空下來的手像被透明絲線控制般向上抬起，越過光劍劍刃後靠近桐人白皙的臉頰。

當她的手指快碰到桐人的臉之前——

桐人臉上忽然又出現之前那種目空一切的笑容。雖然瞳孔深處還殘留著痛苦的光芒，但這名劍士還是輕輕搖了搖頭，像是要阻止詩乃的手般開口這麼說道：

「那麼——決鬥就算是我獲勝了吧？」

「咦……？啊，嗯……」

詩乃的心情一時之間沒辦法回復過來，所以只能不停眨著眼睛，結果桐人把臉更加靠近並且呢喃著：

「那可不可以請妳自己投降。我不是很喜歡砍女孩子耶。」

那種令人生氣又沒禮貌的囂張說話方式輕易地讓詩乃想起自己的現狀。也就是自己目前正被背後的左手以及光劍壓制，呈現整個人與對方緊密接觸且無法動彈的丟臉狀態——而這種模樣還直接被實況轉播給待在待機巨蛋以及酒店裡的人收看。

詩乃馬上感覺自己的臉頰開始泛紅，於是她也用從緊咬的牙根裡吐出來的聲音低聲回答：

「……我很感謝有機會能再度和你對戰。明天的正式大賽一定要活到遇上我為止啊。」

說完後她便轉過頭去，大喊了一聲「投降！」

比賽時間共十八分五十二秒。

第三屆Bullet of Bullets預賽選拔F組決賽結束。

（待續）

後記

我是川原礫。非常感謝您購買本系列第五集，跟另一個系列合起來算是我第十本創作的《Sword Art Online刀劍神域5幽靈子彈》。

在網路遊戲裡面，除了ＭＭＯＲＰＧ之外也還有另外兩種相當受歡迎的遊戲類型。其中一種是「Real-time Strategy（即時戰略）」遊戲，而另一種就是「First Person shooter（第一人稱射擊）」遊戲了。

雖然兩種我都喜歡，但要談ＲＴＳ的話，這點篇幅根本不夠所以只好省略（笑）。

而ＦＰＳ就如同它的名稱一樣，通常是拿著槍械以主角（＝玩家）的第一人稱視點來進行戰鬥的遊戲。它的發源地是美國，所以現在不論是遊戲數量或是玩家人口都是美國佔絕對多數，但只要在線上到處與人對戰，就會遇見讓人想說「你是席摩・海赫（註：芬蘭陸軍神槍手）轉生嗎！」的情形出現吧。大概就是我還在全力衝刺當中，就聽見遠方傳來碰一聲，接下來我便從額頭噴出血來倒地而亡這樣的情況。或者是在接近戰裡，我明明已經拿著突擊步槍掃射了，但對方卻左閃右躲的靠近我身邊，然後用刀子輕鬆幹掉我（這種時候就讓人想大叫「你是史帝芬席格轉生嗎！」）。不過也有人說只是我太遜了而已！

ＭＭＯ裡的ＰｖＰ會因為等級與裝備的差異而產生相當大的影響，但ＦＰＳ基本上角色能力沒有什麼太大的差異，完全倚靠玩家的技術。而想在《ＳＡＯ》系列裡表現出這種類型「實力」的動機，便是我創作這篇《幽靈子彈》的原因之一。

只不過最大的問題就是我雖然喜歡ＦＰＳ，但對於槍械可以說是一竅不通……這次在文章裡面雖然使用了一大堆槍械名稱與專有名詞，但全部都是臨時抱佛腳的急就章知識。對這方面相當了解的讀者在看故事時，可能會發現有許多讓你大喊「這哪有可能！」的場面，但還是希望大家多包涵，把它想成「反正是在遊戲裡面」就好了。

在相關職務越來越多當中，還一直耐著性子陪我修正原稿的擔當編輯三木先生、這次也以插畫完美呈現本集兩位（笑）女主角魅力的ａｂｅｃ老師，以及儘管上一集後記裡就寫著「接下來會進入暴走狀態」也還是支持我的各位，請用額頭接受我充滿感謝的頭槌射門吧。下一集也請各位多多指教了！

二〇一〇年六月十八日　川原　礫

Kadokawa Light Novels

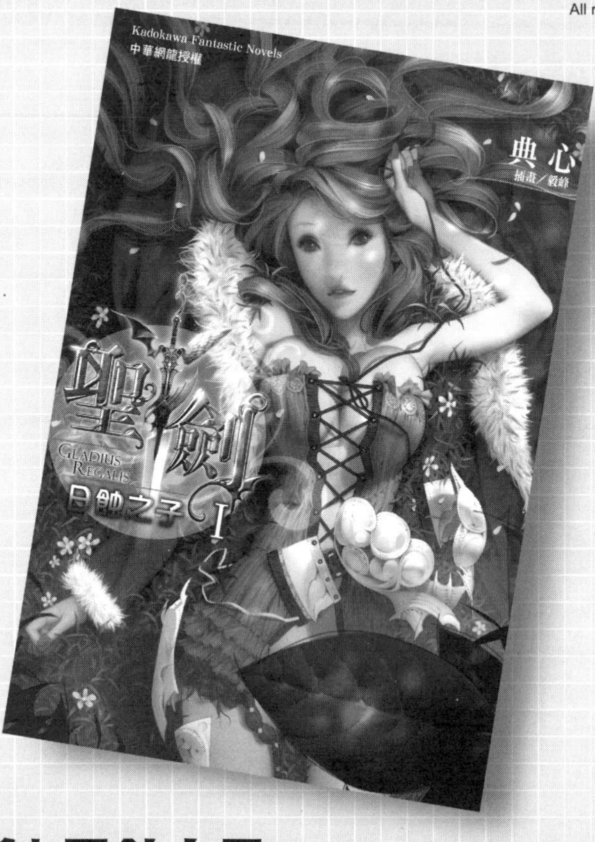

聖劍 日蝕之子 1 待續

作者：典心　插畫：毅峰

暢銷小說家 典心×人氣插畫家 毅峰
帶你進入尋找聖劍的冒險旅程！

千年之前，光明與黑暗大戰，英雄們用聖劍強大的威力封印住黑暗勢力，光明終於獲得最後勝利。然而千年過後，黑暗復甦，聖劍卻早已不知去向，人們只能退守於結界區當中，一邊對抗黑暗，一邊期待英雄的誕生，期待聖劍的降臨……

NT$180/HK$50

Kadokawa Light Novels

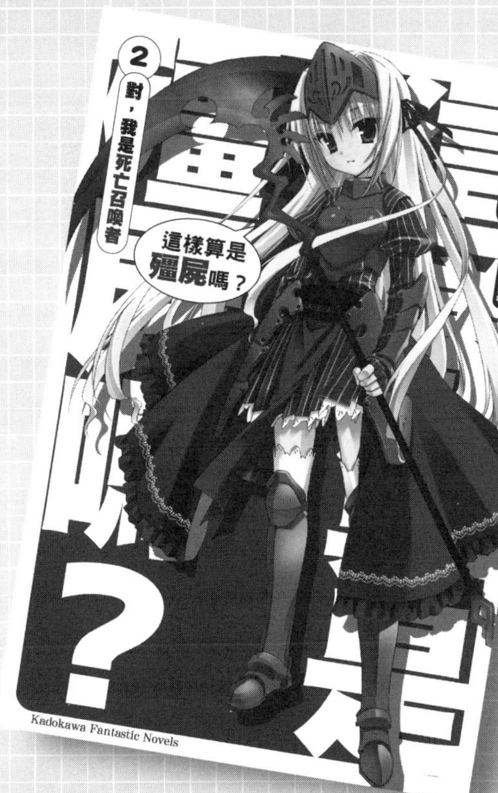

這樣算是殭屍嗎？ 1～2 待續

作者：木村心一　插畫：こぶいち、むりりん

我未來的老婆出現了!?等等，
聽說我已經死了不是嗎……

身為殭屍兼魔裝少女的相川步，身邊除了死靈法師優、魔裝少女春奈還有吸血忍者瑟拉，這次還出現了一個和瑟拉敵對的吸血忍者少女，步更在陰錯陽差下吻了她。而這個叫友紀的女孩，居然還會成為步未來的老婆？

各 **NT$180/HK$50**

©Gangdo 2010
illustration by Kagome

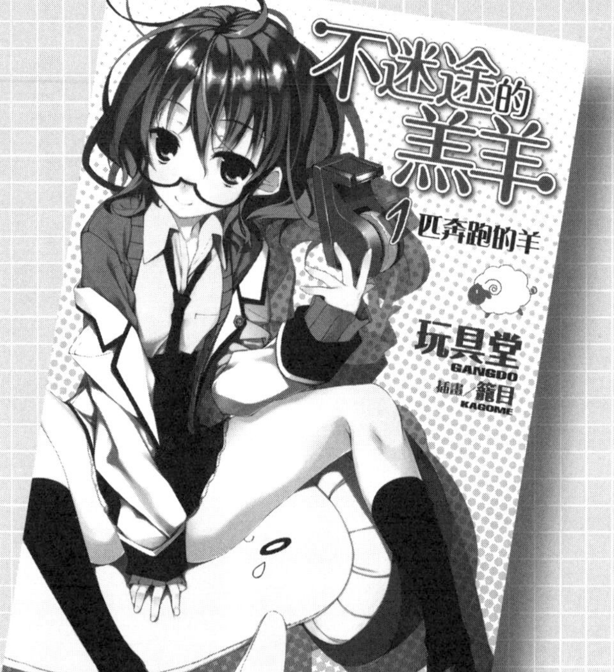

Kadokawa Light Novels

不迷途的羔羊 1 待續

Kadokawa Fantastic Novels

作者：玩具堂　插畫：籠目

榮獲第15屆Sneaker大賞「大賞」作品！
繁體中文版×簡體中文版同步發行！

學生會新成立的「不迷途的羔羊諮詢會」，其宗旨在解決學生的煩惱。成田真一郎為了登門求助的怪怪諮詢內容而四處奔波時，遇見躲在學生會會議室隔壁的雜草頭仙波明希。靠著她毒舌卻犀利的見解，使得「羔羊會」廣受學生好評？毒舌傲蕩女最新品種上市！

NT$180/HK$50

台湾角川

Kadokawa Light Novels

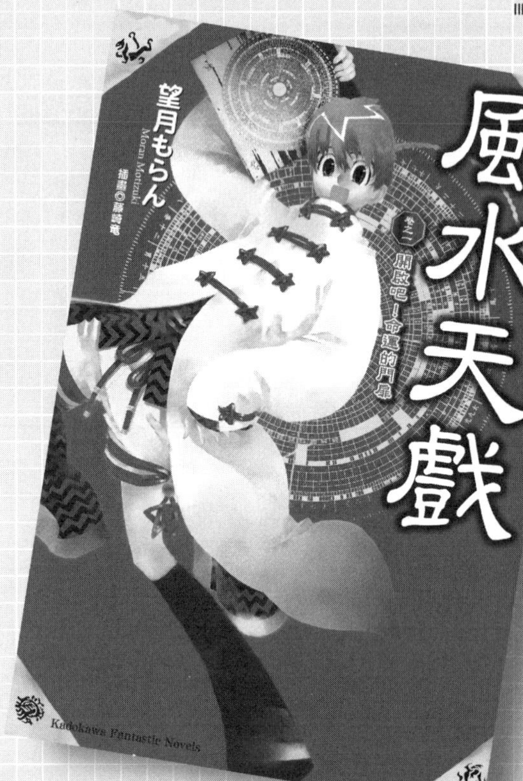

風水天戲 卷之一 開啟吧!命運的門扉

作者：望月もらん　插畫：藤崎竜

風水，並不是用來爭權奪利，
而是一種使人獲得幸福的魔法⋯

暘國皇帝的第八位皇子・在某次的因緣際會之下，無意間得到了一本老舊的經書與羅盤，還遇到一位楊仙人。誤以為風水術是整理房間的一種訣竅的星淑，從此開始跟著仙人學習風水，命運就此產生劇變，更被捲入宮庭的權力鬥爭當中⋯

NT$200/HK$55

Kadokawa Light Novels

超自然異象研究社
沈丁花櫻的清唱劇
OCCULTOLOGIC
耳目口司
Nimeguchi Tsukasa
插畫／まごまご
Illustration Magomago

超自然異象研究社 沈丁花櫻的清唱劇

作者：耳目口司　插畫：まごまご

「你曾經被別人熟知到體無完膚的地步嗎？」
熟知＝統治，一場探索世界的戰鬥即將展開!!

就讀神樂咲高中的咲丘，一看到「丘研」社團招生廣告就有種直覺——這正是為了熱愛「風景」的我而存在的社團！然而丘研的真面目卻是「超自然現象研究社」，社員們致力於協助代表沈丁花完成征服世界的野心。第15屆SNEAKER大賞〈優秀賞〉登場！

NT$200/HK$55

國家圖書館出版品預行編目資料

Sword Art Online刀劍神域. 5, 幽靈子彈 /
川原礫作 ; 周庭旭譯. —— 初版. —— 臺北市：
臺灣國際角川, 2011.01— 冊； 公分
——(Kadokawa fantastic novels) ——

譯自：ソードアート・オンライン 5
ファントム・バレット
ISBN 978-986-237-399-6（第1冊：平裝）
ISBN 978-986-237-586-0（第2冊：平裝）
ISBN 978-986-237-824-3（第3冊：平裝）
ISBN 978-986-237-916-5（第4冊：平裝）
ISBN 978-986-287-021-1（第5冊：平裝)

861.57　　99025485

Kadokawa Fantastic Novels

Sword Art Online刀劍神域 5

幽靈子彈

（原著名：ソードアート・オンライン 5 ファントム・バレット）

２０１１年１月28日　初版第１刷發行
２０２１年12月15日　初版第26刷發行

作　者：川原　礫
插　畫：abec
日版設計：BEE-PEE

譯　者：周庭旭

發行人：岩崎剛人
總編輯：蔡佩芬
主　編：朱哲成
美術設計：李思穎
印　務：李明修（主任）、張加恩（主任）、張凱棋

發 行 所：台灣角川股份有限公司
地　址：１０４台北市中山區松江路２２３號３樓
電　話：（02）2515-3000
傳　真：（02）2515-0033
網　址：www.kadokawa.com.tw
劃撥帳戶：台灣角川股份有限公司
劃撥帳號：19487412
法律顧問：有澤法律事務所
製　版：尚騰印刷事業有限公司
ＩＳＢＮ：978-986-287-021-1